町くらべ

公家武者 信平(のぶひら)(十四)

佐々木裕一

講談社

目次

『公家武者 信平』の主な登場人物

⊙鷹司松平信平
家光の正室・鷹司孝子（後の本理院）の弟。
姉を頼り江戸にくだり
武家となる。

⊙松姫
徳川頼宣の娘。
将軍・家綱の命で信平に嫁ぐ。

⊙信政
信平と松姫の一人息子。
元服を迎え福千代から改名し、
修行のため京に赴く。

⊙五味正三
北町奉行所与力。
ある事件を通じ信平と知り合い、
身分を超えた友となる。

⊙**お初**　老中・阿部豊後守忠秋の命により、信平に監視役として遣わされた「くのいち」。のちに信平の家来となる。

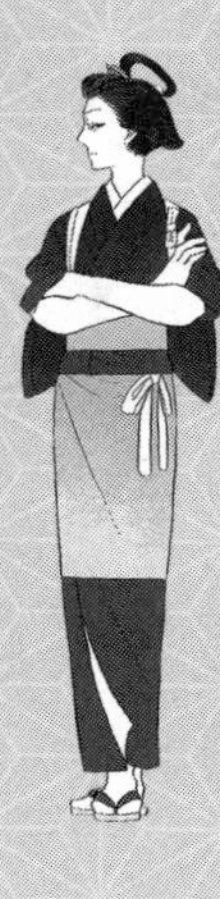

⊙**葉山善衛門**
家督を譲った後も家光に仕えていた旗本。家光の命により信平に仕える。

⊙**道謙**　公家だった信平に、京で剣術を教えた師匠。信政を京に迎える。

⊙**四代将軍・家綱**　本理院を姉のように慕い、永く信平を庇護する。

⊙**江島佐吉**　「四谷の弁慶」を名乗る辻斬りだったが、信平に敗れ家臣になる。

⊙**千下頼母**　病弱な兄を思い、家に残る決意をした旗本次男。信平に魅せられ家臣に。

⊙**鈴蔵**　馬の所有権をめぐり信平と出会い、家来となる。忍びの心得を持つ。

イラスト・Minoru

町くらべ——公家武者 信平（十四）

第一話　町くらべ

一

この頃、江戸城下では、町の者たちのあいだで評判になっている物がある。

「町の位」と題した読売だ。

作ったのは日本橋檜物町の読売屋、会堂屋文秋。

その名が入った読売はどの町でも売られており、食べ物屋には、客の退屈しのぎに置いてある。

また、店子をほしがる長屋のあるじたちは、目を皿のようにして読売を見つめ、我が町の位が上位にあれば喜んで胸を張り、下位の者たちはがっくりと首を垂れた。

町の位の影響は町役人たちにも及び、己が世話を焼いてきた町の評判が良いなら言うことはないが、悪ければ、住人から、お前のせいだと言わんばかりの白い目を向けられる者もいる。

特に、第二弾として発行された、「住人の幸福具合五十番」と題した読売は、選ばれた理由が忖度なしで書かれているとあって、飛ぶように売れた。

宿直明けで北町奉行所を出た五味正三は、お初の味噌汁で疲れを癒やしてもらおうと、あくびをしながら堀端を歩いていた。

奉行所とは目と鼻の先にある町に軒を連ねる商家は、蠟燭屋をはじめ、紙や筆などを揃える文具屋、呉服屋、茶道具屋、菓子屋などがあり、曲輪内の武家屋敷御用達の店が多いだけに、間口も広く立派だ。

早くから店を開けている商家の様子を見ながら歩いている五味の前にある三辻から、木箱を手にした男が出てきた。

目で追っていると、男は堀端に木箱を置き、あとから出てきた男が、

「さあ売るぞ」

と言って、堀を背にして木箱の上に立った。

白い半纏に空色の股引きを穿いている男が脇に抱えているのは、読売だ。

大きく息を吸った男が、声を張る。

「今朝の刷りたてぇ。早くしないとなくなるよぉ」

歌うように客寄せをはじめると、建ち並ぶ商家の連中や、朝早くから仕入れに来ていた者たちが集まり、小銭と引き換えに手を伸ばす。

五味は、日本橋の件かと気になり歩み寄り、声をかけた。

「一枚くれ」

「こりゃ旦那」

売り子の男が媚びた笑みで応じ、読売を差し出す。

目を通した五味は、意に反した内容に安堵しつつも、ふと、口に出す。

「そういえば信平殿は、これを見てらっしゃるのだろうか」

昨日から発売された住人の幸福具合五十番を畳み、灰色の小袖の胸元に差し込んだ五味は、商家の者たちに夜の戸締まりに気をつけるよう声をかけて、赤坂へ足を向けた。

朝餉を食べ終えた鷹司松平信平は、松姫と朋を誘い庭に出て、見頃を迎えた藤の花の下を歩いていた。

今年六歳になった養女は、父に見捨てられ、母を喪(うしな)った深い悲しみが癒えておらず、笑顔は見せるものの、まだ声は出ない。

信平が引き取った当初は心配そうな顔をして、松姫のそばから離れようとしなかった朋だが、今はずいぶん表情が明るくなり、松姫と手を繋(つな)いで藤の花を見る様子も、微笑(ほほえ)ましい。

「しゃべろうとしておりますから、あと少し。何かの弾みで、治るやもしれませぬぞ」

昨日来た、紀州徳川(きしゅうとくがわ)家の奥医師である渋川昆陽(しぶかわこんよう)は、遠慮もなくなり、子供らしいところも見えはじめたと言ったうえで、そう告げて帰った。

朋の声を聞く日が楽しみだと思いながら見守っていた信平の前で、突然、松姫が悲鳴をあげ、朋としゃがんだ。

「いかがした」

駆け付ける信平に、松姫が声をあげる。

「蜂です。お気をつけください」

朋が刺されぬようかばう松姫に近づいた信平は、羽音を追う。

黒くずんぐりした胴体に、胸部が黄色い。

「熊蜂ゆえ、騒がねば襲われはせぬ。朋、怖がらず、ゆっくり離れるのじゃ」

信平の声で落ち着いたのか、朋は飛び回る一匹の蜂を目で追い、離れた隙に立ち上がって松姫の袖を引いた。

松姫も小走りで離れ、朋を抱き寄せる。

「怖かったですね。もう大丈夫」

朋は泣くかと思いきや、ころころと笑うではないか。

初めて声を聞いた松姫は驚いた顔で朋を見ていたが、目に涙を浮かべて信平に顔を向ける。

信平が笑みを浮かべてうなずくと、松姫は朋を抱き寄せ、一緒に笑いはじめた。

「殿、今の笑い声はもしや……」

信平が振り向くと、葉山善衛門（はやまぜんえもん）が急いだ様子で歩いてきた。

「ふむ。朋がようやく声を出して笑（わろ）うてくれた」

「おお、それはようございました。姫、この爺（じい）めに、もう一度聞かせてくだされ」

信平の養女に対し、かしずく態度で接する善衛門に、朋は藤棚を指差して口を開く。

「あそこに、こんなに大きな蜂がいたのです」

指を丸めて大きさを伝える朋の目は、初めて見たとばかりに輝いている。

「しゃべった……」

信平が思わずこぼすと、松姫は口に両手を当て、感涙にむせぶ。

「熊蜂じゃ」

信平が教えると、善衛門は安堵して朋に歩み寄る。

「姫、なんだか楽しそうですな。ひょっとして、虫が好きでござるか」

「父上が刺さないと教えてくださいましたからよく見れば、丸くて可愛らしいと思いました」

「ははあ、熊蜂が可愛いのですか」

善衛門は、朋が明るく話してくれるのが嬉しいらしく、目を細めて眉尻を下げている。

その熊蜂がまた近づいてきた。

怖がる松姫を朋がかばい、蜂に向かって声をかける。

「あっちへ行きなさい」

すると蜂は、遠ざかった。

それを見て、朋は言葉が通じたと思ったらしく、松姫に嬉しそうな顔を向ける。

「母上、もう大丈夫です」

涙を拭いた松姫は笑って応じ、朋の頬を両手で包む。

「おかげで助かりました。でも、蜂の中には人を襲う危ないのもいますから、迂闊に近づいてはいけませんよ」

「はい」

元気な声で返事をした朋は、ふたたび笑った。

善衛門が鼻をすする。

「なんともお声が可愛らしや。殿、奥方様、おめでとうございます」

喜ぶ松姫を見て、信平が微笑む。

「皆のおかげじゃ。熊蜂にも礼を言わねばな。そうじゃ、藤を増やして、熊蜂への礼といたそう」

大真面目に言う信平に、松姫と善衛門は驚いたような顔を見合わせ、朋は喜んだ。

さっそく手配すると応じた善衛門は、思い出したように口を開く。

「五味が、見せたい物があると申して待っております」

「来ていたのか」

信平は松姫と朋を残して戻った。

鯉が優雅に泳ぐ池のほとりを回り、表屋敷の廊下に上がると、五味の笑い声が聞こえてきた。

外廊下を回って居間に入ると、味噌汁を口に運んだ五味が、しみじみとした様子で目を閉じる。

「旨い。臓腑に染み渡り、疲れが取れますな」

お初は信平に気付いて軽く頭を下げ、いつまでも味に浸っている五味の背中をぽんと打った。

我に返った五味が、信平に笑顔で頭を下げる。

「信平殿、お久しぶりにございます」

「久しぶりと言うほど顔を見ておらぬか」

「半月ですが、何かと忙しく、一年ぶりのような気分ですぞ」

無二の友になって長い五味は、信平に遠慮がない。

味噌汁を一口飲んで椀を置き、立ち上がって膝を突き合わせると、懐から出した紙を差し出して訊く。

「信平殿は、近頃巷で評判になっているこれをご存じか」

受け取った信平は、首を横に振る。

「初めて見た。読売か」

「ここを見てご覧なさい」

信平は声に出す。

「町の位……」

「さよう」

途中まで読んだ信平は、首をかしげる。

「江戸の町をくらべておるのか」

共に戻っていた善衛門が口を挟む。

「そのことならば耳にしておるぞ。良い店が多くあるなしや、町の様子、暮らす者たちの顔色や態度などを密(ひそ)かに調べて、番付しておるそうじゃな。確か名は……」

額に拳を当てて思い出そうとする善衛門を、五味が助ける。

「会堂屋文秋です」

「さよう。文秋じゃ。上位に選ばれた町は良いとして、下位の中には、辛辣(しんらつ)に書かれた町もあるそうじゃな」

不機嫌そうに訴える善衛門に対し、五味は眉尻を下げて、まあまあとなだめる。

「文秋はこれまで、江戸で起きた事件などを読売にして食べていましたが、信平殿が町を賜(たまわ)ったと知り、これを思いついたそうです」

善衛門が目をひんむく。

「なんじゃと。それはまことか」

「はい。本人の口から聞きました。これがなかなかよう調べておりまして、奉行所内でも感心する声が多数あがっております」

「ほおう」

信平が興味を持つのを見て、五味が身を乗り出す。

「肝心なのはこれからですぞ。こちらが、昨日売り出された第二弾です」

懐から出したもう一枚を受け取った信平は、ふたたび声に出す。

「住人の幸福具合五十番、とな」

五味がうなずく。

「喜んでくだされ。番付に、信平殿の町が入っておりますぞ」

信平は上から町の名を見たが、その目線は、ぐっと下がる。

「五十番か」

ぼそりとこぼす信平に、善衛門が近づいて手を差し出した。

渡してやると、善衛門は目を細めて紙を遠ざけ、口をむにむにとやる。

それを横目に、五味が信平に告げた。

「江戸城下に何百とある町の中で五十番は、上等ですよ」

「けしからん！」

横で大声をあげられた五味が、迷惑そうに顔をしかめて耳をほじる。

「ご隠居、人の話を聞いておられます？　五十番は良いほうなのですから、そう怒りなさるな」

「わしは気に入らんわい。一番はどこじゃ」

「麴町（こうじまち）です」

善衛門は想像と違ったのか、眉間に皺（しわ）を寄せた。

「どうしてそこが選ばれたのじゃ」

五味は善衛門から読売を受け取り、目を通しながら口に出す。

「理由はですな、菜物など、日々の食事に欠かせない物を売る店が多くて暮らしやすいのと、町役人たちの尽力で、過去三月のあいだ、凶悪な犯罪が一件もなかったこと、と書いてございます」

五味は目線を下げて続ける。

「位が低い町は、日本橋や京橋（きょうばし）といった、栄えて人が多い町が多いですな。もっとも大きな理由として挙げられているのは、今年に入って何軒か押し込み強盗に入られ、物騒だということです」

言葉を失う善衛門を見て、信平も納得した。

治安という意味では、鷹司町は決して良いとは言えない。長屋の連中もまだまだ勤勉さはなく、町全体の雰囲気は暗いからだ。

善衛門が膝を転じる。

「殿」

「ふむ」

「このままではいけませぬ。一番を目指しましょうぞ」

信平が返答をする前に、五味が笑った。

「ご隠居、悔しい気持ちはお察ししますが、こればかりは、付け焼刃でどうこうできるものではありませぬよ」

善衛門が憤然(ふんぜん)とした顔を向ける。

「やってみなければ分かるまい」

「いくらこちらが意気込んでも、町の者たちの気持ちが根底から変わらない限り、すぐにぼろが出ますでしょ。文秋は、騙(だま)せるおなごではございません」

善衛門は片眉をぴくりと上げる。

「文秋なる書き手は、おなごであったか」

「はい」

「どうりで、手厳しいはずじゃ」

五味は唇を尖らせて首をかしげる。

「そうですかね。それがしが思うに、よう見ていますが」

信平はうなずく。

「五味が申すとおりじゃ。麿も、これに書かれているとおりに思う」

五味が読み上げる。

「町の雰囲気が暗く、長屋の住人も昼間から酒を飲んでいる者が多くて、子供は人とぶつかっても知らん顔をする。商家がある通りもごみが目に付き、犬の糞も多い、か……。厳しい」

善衛門は立ち上がった。

「このままではいけませぬ。次は必ず位を上げましょうぞ。これより町へ行き、佐吉と話をします」

「では、麿もまいる。五味、ゆるりとしてゆくがよい」

「はいはい、では、お言葉に甘えて。お初殿、味噌汁のおかわりいただけます？」

そう言って振り向いた先に、お初の姿はない。

「いつの間に……。お初殿、お初殿」

汁椀を手に台所に行く五味を微笑ましく見ていた信平は、狐丸を手に出かけた。

二

麻布にある鷹司町は、元は下月左京亮という亡き名君の下屋敷だっただけに、町域は広い。また、漆喰壁の塀と番所付きの門をそのまま町の囲いとしているため、外から見ただけでは町に見えない。

信平と善衛門は、代官を任じている江島佐吉が雇った番人がいる表門を潜り、佐吉の役宅へ向かった。

出迎えた妻女の国代が恐縮し、佐吉は休楽庵にいると告げる。

聞けば、例の読売の件で町の連中と話をするためだという。

信平は国代に微笑んだ。

「佐吉も、励んでおるようじゃな」

国代は、なんとも複雑そうな面持ちをした。

「五十番が納得できぬと申して、飛び出して行きました。すぐ呼び戻してまいりますから、どうぞお上がりください」

「いや、磨も女将と話したいゆえ、休楽庵に足を運ぼう。邪魔をした」

「とんでもないことでございます」

外に出て頭を下げる国代に、信平は問う。

「先ほどから聞こえる威勢の良い声は、仙太郎か」

「はい。裏庭で剣術の稽古をしております」

気合をかける声は、頼もしい。

信平は微笑む。

「先が楽しみじゃ」

嬉しそうな顔をする国代にまた来ると言い、信平は休楽庵に向かった。

二階建ての旅籠は、通りに面しては窓がなく、漆喰壁のため一見すると蔵にしか思えない。暖簾はなく、路地に見える場所から入っていくと戸口があり、中に入ると正面に中庭の緑が見えて風情がある造りだ。水を張った浅い鉢の中で燕子花が蕾を膨らませており、一輪ほど開いている。

善衛門が後ろから声をかける。

「燕子花が美しいですな。青の色味が、殿のお召し物と同じですぞ」

濃い青の狩衣と、白の指貫を穿いている信平は、唇に笑みを浮かべて前を向く。

戸口から入ると、宿を発とうとしていた旅人たちが驚いた顔をして、頭を下げて場を空ける。

老若男女の客たちに信平が会釈で応じると、番頭の為五郎が上がり框で正座し、平伏した。

「御領主様、ようこそお越しくださりました」

番頭の言葉に、客たちがまた驚いた顔をする。

信平は、客たちに邪魔をしたと声をかけ、為五郎の案内で奥の座敷に入った。

間もなく、別の座敷にいた佐吉と久恵が来て、信平と善衛門の前に正座した。

佐吉が頭を下げてあいさつをすると、久恵が明るい顔で続く。

応じる信平の前で、善衛門がさっそく切り出す。

「今日まいったのは他でもない。読売の件じゃ」

久恵が顔を上げた。

「そのことで、江島様とお話をさせていただいておりました。信平様に、お願いがございます」

「おい、女将……」

　止めようとする佐吉を、信平が手で制す。

「女将、遠慮はいらぬ。聞かせてくれ」

「五十番は立派だという声もありますが、わたしは納得がいきません。町のみんなが笑顔で暮らせるようにしてくだされば、次はもっと上、いいえ、一番になれるはずです」

「皆が笑顔でのう」

　信平は、久恵の目を見る。

「それには何が必要か、女将の考えを聞きたい」

　久恵はうなずく。

「まずは働く場所。次は、暮らしに必要な物が手に入るお店。治安の良さは言うまでもありません」

　信平が答える前に、善衛門が口を挟む。

「女将、言うは易く（やす）おこなうは難しじゃ。すぐにできるものではないぞ」

「いや、女将が申すとおりじゃ。この町はまだまだ足りぬものが多い」

　信平がそう告げると、久恵はそのとおりだと言わんばかりの表情でうなずく。

「佐吉」

「はは」

「空いておる土地に、新たに商家を呼べぬだろうか。長屋の者たちが働く場を増やすには、江戸の民が求めにまいる大店が、新たに店を出してくれるのが良いと思う」

「今も女将と話をしておったのですが……」

「難しいか」

「実は、ある程度話を煮詰めてご相談に上がるつもりでいた件がございます」

「聞こう」

「女将」

佐吉に促されて、久恵が口を開く。

「うちの番頭の妹が、京橋で家具職人をしている者に嫁いでいるのですが、たいそう腕の良い職人でございます。家具屋からいただく仕事をこなすだけではもったいないほどの腕と思いまして、西の空地に仕事場を建てて、町の連中を雇うのが条件で安く貸すのはどうでしょう」

信平は即答する。

「ふむ、良いな。善衛門はいかがじゃ」

「妙案かと。ただし、その家具職人の腕次第です。女将、まことに確かな腕を持っておるのか」

　久恵は胸を張った。

「ええ。大名家からも引く手あまたですから」

「それは良い」

　善衛門が納得すると、佐吉が信平に向いた。

「殿、お許しあらば、わしが会うて話をしてみます」

「うむ。この件はそなたにまかせよう」

「はは」

　話が決まったところで、久恵がばつが悪そうにする。

「実は今、材木を仕入れるため木曽へ行っておりまして、番頭が申しますには、近々江戸に帰るそうですから、それからということで」

「それを先に言わぬか」

　残念そうな善衛門に、久恵は申しわけなさそうに手を合わせた。

「でも、きっと喜ぶと思います。信平様、番頭の耳に入れてもよろしいでしょうか」

「それは構わぬ。為五郎からも口添えを頼むと申し伝えてくれ」

「では、まずは番頭から妹夫婦に伝えさせましょう。江島様の御屋敷に足を運ばせます」

「それが良い」

善衛門に続いて応じた佐吉は、これからの町づくりについても話を持ち出し、信平は久恵を同座させて話し合った。

三

読売から啓発を受けた信平たちが、町をより良くしようと励むいっぽうで、私欲のために、紙面を見つめている男がいる。

太い眉を愉快そうに上下させ、二重瞼を大きく開いて下卑た笑みを浮かべている中年の男は、京橋の土地を手に入れようとしている中谷伝太夫だ。

外様の十万石、高津藩の政を執る筆頭家老の座に就いて十五年。藩内では、あるじさえも顔色をうかがうほど政権をほしいままにしている伝太夫は、齢五十を過ぎて女の魅力に惹かれ、暇さえあれば藩邸を出るようになっている。

伝太夫を虜にしているのは、親子ほども年が離れたお瑶という女。

先代藩主と親が決めた相手を嫁に迎えて二十五年。顔も気性も好みではなかったが離縁するわけにもいかず、御家のために良い夫になり、子を導いて生きてきた。そんな生真面目な男であったが、藩主が代替わりし、藩の権力を手にしたも同然の立場を得た時から、長年胸のうちに封じ込めていた色欲が目ざめたのである。

きっかけは、伝太夫の力に擦り寄ろうとする卑しい考えを持った商人が設けた席だった。

酒で気分が良くなったところに呼ばれてきたのがお瑶だ。芸者でも、遊び女でもなく、商人が妾にどうかと紹介した女だったが、端麗な顔立ちと所作は伝太夫を魅了し、その日のうちに深い仲になった。たった一度肌を重ねたのみで、虜にされたのだ。

その日を境に、伝太夫はお瑶の頼みをなんでも聞くようになり、藩邸に近い下谷に囲い、贅沢をさせて一年が過ぎようとしている。

伝太夫のそんな気持ちがよく分かっているお瑶は、己の身体を自由にさせては願いごとをするのだが、近頃は欲が出て、求める物が大きくなっている。

今暮らしている土地は、公儀の雑務を主な役目とする黒鍬組が長屋を連ね、侍とは言えぬ貧しい者が集まる土地柄、非常に治安が悪い。

お瑶は、このあたりでは立派なほうの庭付き一軒家で暮らしているのだが、こんなところに囲われているのが我慢ならず、日本橋か京橋で、料理茶屋をしたいと言いはじめたのだ。

屋敷に入りたいと言われては困るが、そうは望まぬお瑶がより一層可愛くてたまらぬ伝太夫は、店を持たせてやりたくなった。

会堂屋文秋の読売が出たのは、まさにそんな時だったのだ。

臥所でうつ伏せになり、読売を眺めていた伝太夫は、横で寝息を立てるお瑶に向いた。まるで宝物でも見るような面持ちをすると、色白で餅肌の背中に手を伸ばし、うなじに滑らせる。

小さな声を吐いて仰向けになったお瑶の寝顔に目を細めた伝太夫は、若い乳房が己の物だと思うと嬉しくなり、またほしくなった。

目をさましたお瑶が、嬉しそうに喘ぐ。

伝太夫は、もっと喜ばせようと、耳元でささやいた。

「決めたぞ。京橋で商売をしたいというお前の夢を、叶えてやろう」

「ほんとうですか」

「嘘など申さぬ。お前がここに来るまで暮らしておった京橋北でな、扇屋の土地が売りに出たゆえ、手に入れてやろう」

「ひょっとして、四辻の角のですか」

「さよう。良い場所ゆえ、繁盛するぞ」

するとお瑶は、興ざめしたように押しのけて起き上がると、肌を隠して背を向けた。

「あそこは、先日押し込み強盗が入って、一家が斬殺されました」

「おかげで土地の価値が下がったのだ」

「いやです」

怯えた声に、伝太夫は笑った。

「恐れることはない。賊が来るとは限らぬのだし、建物は取り壊されて更地になっておるゆえ、お前が思うままの店を建ててやると申しておるのだ」

「盗賊のことじゃなくて、人が殺された場所は、気味が悪いからいやです」

「これ、わがままを申すでない。今売りに出ておるのは、あの土地しかないのじゃ」

抱き寄せて説得しようとしたが、お瑶は身体を硬くして拒む。

嫌われたくない伝太夫は困り、仕方なく、別の土地の話をした。

「分かったから、機嫌をなおしてくれ。もうひとつ、売りに出されておる土地があるにはあるのじゃが、ここは曰く付きでないゆえ、わしの貯えでは手が出ぬ。そこでな、お瑶、これ、機嫌をなおして聞け」

向き合わせた伝太夫は、すねた表情のお瑶が可愛くてたまらず、頰に手を当てて告げる。

「明日の朝、お前の兄をここへ呼べ」

お瑶は不安そうな顔をした。

「あのろくでなしを呼んで、何をする気ですか」

「実の兄をそのように言うものではないぞ。孝行は確かに、お前にとってはろくでもない兄かもしれぬが、時には役に立つことがあるのだ」

伝太夫は含んだ笑みを浮かべ、必ず手に入れてやると言って機嫌を取り、押し倒した。

翌朝、お瑶に呼ばれた孝行は、朝餉をとっている伝太夫の顔色をうかがいながら廊下に正座し、頭を下げた。

箸と茶碗を置いた伝太夫は、お瑶が台所に立つのを一瞥し、別人のように厳しい面持ちで手招きする。

媚びを売る笑みを浮かべて四つん這いで近づく孝行に、伝太夫はお瑶に聞こえぬよう、耳元で告げた。

　その内容を聞くうち、孝行は悪人面になって唇を舐め、離れてぺこりと頭を下げる。

「お安いご用です。万事うまくやってのけやすから、妹を頼みます」

「これは、当座の金だ。土地が手に入れれば、それ相応の金をやる」

「いつもありがとうございます」

　小判の包みを押しいただいた孝行は、お瑶に声をかけることもなく出ていった。

　茶を持って来たお瑶が、孝行がいないのに驚き、裏庭を見る。

「兄さんは、もう行ったのですか」

　湯呑みを膳に置くお瑶に、伝太夫は優しい眼差しを向ける。

「さっそく働いてもらわねばならぬからな。孝行がうまくやってくれれば、土地が手に入るぞ」

「兄に、何をさせるのですか」

「たいしたことではない。土地を詳しく調べてもらうだけじゃ。楽しみに待っておれ」

　手を取ってさすると、お瑶は嬉しそうな笑みを浮かべて身を寄せた。

四

数日後、久恵から為五郎の妹の夫が戻ったと聞いた佐吉は、休楽庵に足を運んだ。

空地に仕事場を設ける話を正式に告げられた為五郎は、思ってもみなかった慶事だと喜び、頭を下げた。

「広い仕事場を得るのは、妹夫婦が長年夢見ておりましたから、二つ返事で応じるでしょう。江島様、なんとお礼を申し上げればいいか」

目に涙を浮かべる為五郎に、佐吉がうなずく。

「腕が良い幸助(こうすけ)が来てくれれば、殿もお喜びになる。この町の者を雇う条件は、忘れずに伝えるのだぞ」

「承知いたしました」

久恵が告げる。

「番頭さん、今からお行きなさい」

為五郎は驚いた。

「まだお客さんがおられますが……」

「善は急げと言うでしょう。今日はいいから早く。お芳ちゃんによろしくね」

「ありがとうございます。では、さっそく」

為五郎は佐吉に頭を下げ、身支度をして出かけた。

妹夫婦が暮らすのは、京橋の北側にある畳町だ。

良い話ができると思っている為五郎は、意気揚々と京橋を越え、小さいが一軒丸ごと借りている仕舞屋造りの表に到着した。

「お芳、いるかい」

暇さえあれば通っている為五郎だけに、遠慮なく戸を開けた。

幸助がいる時は、仕事場にしている部屋から箪笥を作る音がするのだが、今日は聞こえない。

「いないのか」

残念そうに漏らした時、奥で応じる声がし、藍染の小袖に赤い帯を巻いたお芳が出てきた。

「兄さんいらっしゃい。丁度良かった。高木家具の旦那様から良い話をいただいたところだから、一緒に聞いてください」

幸助が仕事を請け負っている家具屋は、大名家から人気がある高値の家具を扱っており、そのほとんどが幸助の作品だ。

「正兵衛さんが？　いったいどんな話だい？」

　すると、お芳は嬉しそうな笑みを浮かべる。

「聞けば分かるから。さ、上がって」

　手を引かれた為五郎は、土間から板の間に上がり、奥の客間に連れて行かれた。

　小さな庭を望める客間では、渋い茶色の羽織を着けた、品の良い四十代の正兵衛と、色が褪せた半纏と股引きを穿いた幸助が向き合っていた。

　正兵衛のほうから微笑んで頭を下げるのに応じた為五郎は、明るい顔で迎えた幸助の横に正座し、口を開く。

「正兵衛さん、お久しぶりです。今日は良い話だそうですね。わたしにもお聞かせください」

　正兵衛は穏やかな心根を面に出して目を細める。

「ええ、いいですとも。幸助さんにはいつも良い家具を作ってもらっていますが、この家の作業場では手狭で、せっかく良い材木を手に入れても置き場がなく、離れた小屋まで取りに行かなきゃならない。それでは時がもったいないと、かねがね思っていましたからね、もっと広い場所で仕事をしてもらうために、土地を買うことにしたのです」

「土地を……」

驚く為五郎に、正兵衛はうなずく。

「このたび、店の近くに百坪の土地と倉庫が売りに出たので、これを買って、仕事場を新しく建てなおすつもりで、今日は取り急ぎ伝えに来ました。幸助さん、さっきの話だが、前向きに考えてくれないだろうか」

幸助が返事をする前に、為五郎が口を挟む。

「妹が良い話だと言いましたが、どのようなことですか」

正兵衛が顔を向ける。

「これを機に、幸助さんには、うちの店で職人として働いてもらいたいのです」

「高木家具で雇うということですか」

「手当は弾みますよ。今の稼ぎの倍は出しましょう」

「倍！」

信平の話より、こちらのほうが良い。

為五郎は、喉まで出ていた言葉を飲み込み、幸助を見る。

「どうする気だい」

「そりゃもう、願ってもないお話です」

幸助とお芳は揃って居住まいを正し、正兵衛に頭を下げた。

「ああ良かった」

安堵した正兵衛は、さっそく帰ろうとしたのだが、幸助が止めた。

「旦那様、お話しくださった土地と建物は、あっしも知っております。あの物置は広いですし、まだ十分使えそうですから、建て替えより改装して使えばよろしいかと」

「中を見たことはあるのかい？」

「いえ、外だけです」

「だったら、中を見てから決めたほうがいい。わたしもまだ見ていないから、お前さんが見て良いと思うなら、そうしよう」

「承知しました」

「よかったら、今から見に行くかい」

「是非」

二つ返事で応じる幸助の嬉しそうな顔を見た為五郎は、結局信平の話を言い出せぬまま、一緒に土地と建物を見に行った。

鍛冶橋御門を望める堀端に店を構える高木家具とほど近い場所に、売りに出された土地と建物がある。

　前は畳屋の持ち物だったのだが、畑違いの商売を広げすぎて台所事情が厳しくなり、このたび手放すことにしたという。

「土地が良いから少々高かったんだが、例の町くらべの読売のおかげで、値が下がったんだよ」

　嬉しそうに幸助たちに教える正兵衛は、為五郎に振り向く。

「そういえば、為五郎さんがいる鷹司町の名もありましたね。かの鷹司松平様の町が五十番とは意外ですが、女将さんは、納得されていなさるかね。わたしは、この町が下なのは、納得できないでいますよ」

「女将さんも納得されていませんよ」

　今日はそのことで来たと言いたいのを、妹夫婦のためにぐっと堪えた為五郎は、笑顔を作る。

「町の位を上げるために、これから働くと張り切っておられます」

「それは豪儀（ごうぎ）だね。手前など、店を守ることしかできないからね。立派なお人だ」

「何をおっしゃいます。正兵衛さんも町のために励んでらっしゃるではないですか」

　為五郎が持ち上げたが、正兵衛は首を横に振る。

「さ、着きましたよ」

自ら木戸を開けて中に誘う正兵衛に応じて、三人は敷地に足を踏み入れた。

百坪よりも広く見える敷地内は草が伸びている。

肝心の建物は、板張りの屋根も下から見る限りでは傷んだ様子はなく、渋墨が塗られている板壁も色が褪せておらず、白蟻に食われているところはなかった。

中も片づけられており、半分は土間で、床板の一部が取り払われているものの、残っている床板は畳が保管されていただけあって厚く、家具の材料も十分に置ける。

幸助はお芳と納得の笑みをかわし、正兵衛に向く。

「これならば、すぐにでも使えます」

正兵衛も、中を見て驚いたらしく、いい買い物になると喜んだ。

とんと何も言えなくなった為五郎は、妹夫婦に良かったなと声をかけ、鷹司町へ帰った。

「というわけでして、女将さん、お役に立てず、申しわけございません」

背中を丸めて恐縮する為五郎に、久恵は怒るはずもない。

「来てもらえないのは残念だけど、お芳ちゃんにとって良い話だもの、そんなに悪く思わないでちょうだい。江島様には、わたしから言っておくわね。この話はおしまい。そろそろお客さんが来られる頃だから、お迎えの支度をお願いしますよ」

為五郎は神妙に応じて、自分の仕事をはじめた。

その日、仕事を終えた幸助は、お芳と家で茶を飲みながら、希望に満ちた話をしていた。

「こんなに嬉しいことはない。長年使ってくださった旦那様の下で働けば、なんの心配もいらなくなる。まして、あんな立派な仕事場まであるなら、ここの部屋は、いつか生まれてくる子のために使えるな」

「はい」

「ありがたい話だ。あの仕事場でもっと良い家具を作れるようになるぞ。江戸で一番の職人になって見せる」

お芳と目を見つめ合った幸助は、そっと抱き寄せた。

翌日、近所の仕舞屋に一人で暮らしている老婆から戸棚の修理を頼まれていた幸助は、壊れた蝶番（ちょうつがい）を取り換え、手間賃の代わりに団子と茶をいただいて世間話に付き合い、夕方になってようやく解放された。

真っ直（まっす）ぐ家に帰るよりも、茶で膨らんだ腹ごなしをしようと遠回りをして、ついでに、仕事場になる建物を見に立ち寄ることにした。

昨日は少々気持ちが高ぶっていたため、もう一度よく見て、どこに何を置くか考えたくなったのだ。

西日が陰り薄暗い路地を歩いて木戸を開け、中に入って建物に歩み寄る。

改めて見ても、建て替えなくても大丈夫そうだ。

戸を開けて中に入ろうとした時、背後に人が近づく足音がしたので振り向いた幸助は、いきなり額を棒で打たれ、一瞬目の前が真っ暗になった。

激痛に呻（うめ）いて仰向けに倒れた幸助は、朦朧（もうろう）とする頭を振って起き上がろうとしたのだが、胸を土足で踏みつけられた。

「な、何をする」

布で顔を隠した男が笑う。

幸助は足をどかせようとしたが、顔を隠した仲間二人に手足を押さえられ、身動きを封じられた。

胸を踏んでいる男が声を張る。

「いいかよく聞け。この土地を買えば、お前の周囲の誰かが死ぬ。これは脅しじゃねえぞ。ほんのあいさつ代わりだ」

男は胸から足を離し、棒を振り上げた。

「やめてくれ！」

幸助は叫んだが、男は無慈悲に棒を振り下ろした。

右腕の肘と手首のあいだを打たれた瞬間、骨が折れる音がした。

激痛に悲鳴をあげてのたうち回る幸助を笑いながら見ていた三人の男は、酒を飲みに行こうと言って去っていく。

職人にとって命よりも大切な腕を傷つけられた幸助は、みるみる腫れていくのを見て恐れた声をあげ、激痛に苦しんだ。

通りがかった町男の二人組が気付いて駆け寄り、どうしたのかと声をかけた。

痛みで言葉にならない幸助は、左手で腕を押さえて苦しんでいたが、歯を食いしばって起き、顔に脂汗を流しながら立ち上がった。

「大丈夫かい」

心配そうな男たちに、幸助は頭を下げる。

「覆面をした連中に、襲われました」

驚いた男たちは、近頃多い盗賊の仕業だと思ったらしく、歩くのも辛そうにしている幸助に手を貸した。

近くの医者に連れて行かれた幸助は、二人のおかげで早く診てもらうことができたものの、案の定、いやな音がしたとおり大事な腕の骨が折れていた。

治療のおかげで少し痛みが和らいだ幸助が心配したのは、己よりも、土地を買おうとしている正兵衛の身だ。

治療を終えた幸助は、助けてくれた男たちに改めて礼をすると言ったのだが、

「いいってことよ」

「お互い様だ」

早く怪我を治せと励ましてくれたものの、いささか暗い面持ちをする。

太ったほうが、吐き捨てるように口を開く。

「襲われたのを自身番に届けて騒ぎが広まれば、幸福具合が下がっちまうが仕方ない。ひとつ走り行ってくる」

幸助は止めた。

「よしてください。あっしのためにそんなことになったら、申しわけない」

医者が驚いた。

「何を言っているのだ。大事な骨を折られたのだぞ」

「いいんです、ほんとうに」

「襲った者に、心当たりがあるのか」

「ちょっと、相談したい人がおりますので、自身番に届けるかは、それから考えます」

幸助は三人に頭を下げて礼を言い、高木家具へ急いだ。

店に着くと、手代が表の戸を閉めようとしていたので急ぎ歩み寄る。

気付いた手代が、晒で腕を吊っているのを見てぎょっとした。

「幸助さん、怪我をされたのですか」

「そのことで来たんだ。旦那様はいらっしゃるかい」

「たった今、幸助さんのところから戻られたところです」

「おれのところから？　何か用だったのかい？」

「詳しくは知りませんが、お芳さんのお兄さんもご一緒です」

家のことをよく知っている手代に、幸助は首をかしげた。

「義兄さんが一緒だなんて珍しいな」

「とにかく、お入りください」

怪我を気づかう手代に応じて、幸助は店に入った。

箪笥や文机(ふづくえ)など、暮らしに必要な家具が揃っている店の中は静かで、奥に明かりがある。

手代に続いて行くと、板の間で正兵衛と為五郎が向き合っていた。

怪我をした幸助の姿を見て、二人とも立ち上がった。

為五郎が歩み寄る。

「幸助、その怪我はどうした。何があったんだ」

「新しく仕事場になる建物を見に行っていた時に、三人組に襲われました」

「なんだと！」

声を張り上げる為五郎を横目に、幸助は正兵衛に伝える。

「何者か分かりませんが、奴(やつ)ら、あの土地を買えばただじゃすまないと言いました。脅しじゃない証(あかし)に、このとおり、腕の骨を棒でたたき折ったのです」

為五郎が大声をあげた。

「そんな大怪我をさせられて大丈夫なのか。今すぐ医者に行こう」

動転する為五郎に、幸助は冷静に告げる。

「このとおり、もう治療を受けました。それより旦那様、あの土地を買うのはおやめください」

正兵衛は、これまで幸助が見たことがないほど険しい顔をした。

「冗談じゃない。今も為五郎さんに言ったんだが、手付を払ったから、もう引けないよ。自身番に届けたのかい？」

「いえ、先にお知らせしなければと思い、医者のところから急いで来ました」

正兵衛が腕を見る。

「医者は、怪我のことをなんて言ったんだい」

「ひと月もすれば、動かせるようになるそうです」

「ああ、良かった」

安心する正兵衛に、為五郎が向く。

「正兵衛さん、どうだろう。こうなったからには、わたしの話を飲んでいただけないだろうか」

「それはできません」

「なんの話ですか」

問う幸助に為五郎が告げようとしたのだが、正兵衛が先に口を開く。

「お前さんにとっては悪い話じゃない。かの鷹司松平様が、お前さんを鷹司町に望まれていらっしゃるそうだ」

　仕事場を建てて迎えるから、町の連中を雇ってほしいそうだと言われた幸助は、痛む腕を見つめた。

　正兵衛が言う。

「行くか残るかは、お前さんが決めるといい。だけどね、まずは怪我を治して、ちゃんと元通りに仕事ができるか確かめなきゃ、この話はできませんよ。そうでしょう、為五郎さん」

　為五郎は困り顔をした。

「おっしゃるとおりかもしれません」

　正兵衛はようやく表情を和らげた。

「そういうことだから、お前さんは何も気にせず養生をしておくれ。怪我が治ったら、改めて話すから。いいね」

「わたしのことは分かりました。でも、土地の件はお考えなおしください。奴ら、本気です」

「困った」

正兵衛は腕組みをして考え込んでしまい、返事をしない。

そこで、為五郎は切り出す。

「今はとにかく、幸助の言うとおりにしたほうがよろしいかと」

「それでは、手付金が無駄になってしまう。こちらから辞退したら、返さなくていい約束になっているからね」

「いくら払ったのです」

「買うと決めていたから、土地代の半分の五百両ほどですよ」

「そんなに！」

場所が場所だけに、幸福具合が低く書かれて値が下がったといえども、幸助たち庶民にとっては目が飛び出るほどの高値だ。

為五郎は舌を巻いた。

「妹夫婦のために、そんなに高い土地を手に入れようとされたのですか」

「勘違いをしてはいけませんよ。幸助さんに良い家具を作ってもらうためですから、手前にとっても、利はあるのです」

気をつかわせまいとする正兵衛の気持ちが伝わった為五郎は、先ほどから考えていたことを口にした。

「このことは持ち帰って、お代官様にお伝えします」

正兵衛が驚いた。

「まさか、鷹司様におすがりする気ですか」

「町役人と奉行所が悪党をのさばらせておくから、このあたりの幸福具合が下なのだし、大事な弟が怪我をさせられた。信平様なら、必ず悪党を捕らえてくださるはずです」

熱く語った為五郎は、幸助がおそれおおいと言って止めるのも聞かず、帰っていった。

見送った正兵衛が、幸助に声をかける。

「ここは、為五郎さんにまかせてみようじゃないか。お前さんに怪我をさせた奴らを鷹司様が捕らえてくだされば、わたしたちは枕を高くして眠れる。そうだろう」

幸助は、正兵衛に従い、お芳が待つ家に帰った。


「一言、よろしいですか」

妾宅(しょうたく)の裏庭に現れた孝行に、お瑶はあからさまに、いやそうな顔をした。

「兄さん、来る時は表から、声をかけてと言っているでしょう」

伝太夫から離れたお瑶は、小袖の前襟を引き合わせながら居間から出ていった。

「すまねえな」

妹に頭が上がらぬ孝行は、そしらぬ顔で酒を飲む伝太夫に媚びた笑みを浮かべる。

伝太夫は盃を置き、孝行を睨んだ。

「言いたいことがあるなら早う申せ」

「へい」

暗い庭から、蠟燭が灯された居間に上がった孝行は、そばに正座して告げる。

「殿様に言われたとおり痛めつけてやりやしたが、あんな土地じゃ、料理屋をやっても流行らないと思いやす。いっそのこと、高木家具を手に入れたらいかがでしょう」

「高木家具は、大名家にも出入りする老舗だ。どうやって手に入れろというのだ」

「あっしに、知恵がございやす」

遠慮なく近づいた孝行は、妹に聞こえないよう小声で伝えた。

聞き終えた伝太夫は、離れる孝行に目を細める。

「悪知恵だけは、よう働くのう」

「あっしにとっては何より嬉しい褒め言葉です」

「しかし、それではまだ詰めが甘い。わしが言うとおりにいたせ」

手招きして寄らせた伝太夫は、足りぬところを加えてやると、孝行は手を打ち鳴らした。

「なるほど、おっしゃるとおり、それならば必ず手に入ります」

「では、抜かりのうやれ」

盃を取らせて酌をしてやると、孝行はぐいっと喉に流し込み、夜の町へ戻った。

待っていたかのように雨戸を閉めたお瑶が、伝太夫に寄り添う。

「兄と何を話していたのです？　また、お金を求められたのですか」

「お前は何も心配するな。わしにとって孝行は、頼りになる男なのじゃ。機嫌をなおせ、ここを、こうしてやる」

抱き寄せて弱いところに手を入れると、途端に喘ぎ声を漏らすお瑶は、伝太夫の耳たぶを嚙(か)んだ。

五

数日後の朝――

「おい五味、おぬしは暇なのか」

居間に上がり込んで、お初の味噌汁を堪能している五味に対し、遅れて来た善衛門の開口一番がそれだ。

共に朝餉をとっていた信平は、涼やかな顔をして箸を動かしている。

己の膳の前に正座した善衛門に、五味が口を尖らせる。

「ご隠居、暇じゃないからこうして足を運び、お初殿に疲れを癒やしてもらっているのです」

「おぬしにとっては、お初の味噌汁が一番の滋養だからのう」

「そのとおり」

「今朝も宿直明けか」

「いえいえ、今から出仕です」

お初が出してくれた飯に箸を付けようとした善衛門が、五味を見る。

「わざわざ朝餉を食べに来たのか」

「はい」

善衛門は呆れたが、信平はいつものことゆえ、目も向けぬ。

そこへ、鈴蔵が来た。

「殿、江島殿が来られました」

「ふむ」

箸を置くと、佐吉が廊下で頭を下げ、信平の前に来て正座した。

「お食事のところ申しわけありませぬ。例の家具職人の幸助の件で、お話がございます」

「良い返事がもらえたか」

「いえ。これまで仕事をしてきた高木という家具屋のあるじ正兵衛に、先を越されました。店の近くに新しく土地と建物を手に入れたらしく、幸助は高木家具に雇われて、そこで家具を作るそうです。手当も約束されて、今の暮らしより良くなるとか」

「そうか。来てくれぬは残念じゃが、幸助にとって良い話ならば、麿は前途を祝福したい」

「わしもそれで話はしまいかと思うたのですが、先がありました」

信平が聞く顔をすると、佐吉は身を乗り出す。

「ふたたび説得に当たっていた為五郎が今朝になって言うてきたのですが、その土地を狙う何者かが幸助を襲い、土地をあきらめるよう脅したそうです」

「幸助は、怪我をしたのか」

「右腕の骨を折られたそうです」

信平は、佐吉の目を見た。

「正兵衛なる者は、脅しに屈したのか」

「すでに大金を払っているらしく、引く気はないそうです」

善衛門が折を見て口を挟む。

「これは町方の土地争いですから、殿が出張るまでもありませぬぞ。五味、おぬしの仕事じゃ。早う行って、悪党を捕らえぬか」

五味は、肝が据わった様子で最後の一滴まで味噌汁を飲み干し、お椀を置いて合掌した。

「ご馳走様でした。信平殿、おれが思うに、これはただの土地争いではないようですぞ」

「それは何ゆえじゃ」

「実は、町の位や幸福具合の読売が出て以来、京橋界隈で急に物取りや喧嘩が増えておりまして、夜回りを増やしていたのです。配下の同心が言いますには、位が下だったせいで土地の値が下がったらしく、ここぞとばかりに、土地を手に入れようとする者がいるそうなのですよ」

信平は、良くない傾向にあると感じた。

「高木家具の職人として土地を使うことになった幸助が襲われたのも、町をくらべた読売が原因ではないだろうか」

善衛門が身を乗り出す。

「それはどういうことですか」

「町くらべで土地の値が下がったのを見て手に入れようとしていた者が、先を越されたのに立腹し、裏で糸を引いている気がする」

「なるほど」

渋い顔をする善衛門を横目に、五味が口を開く。

「だとしても、欲深い商人の仕業でしょう。小者はそれがしにまかせてください。この五味正三が、ちゃちゃと捕らえてやりますぞ」

行こうとした五味を、信平が呼び止める。

「他に誰が買おうとしているのか調べれば、けしからぬ者が浮かぼう。何かあれば、言うてくれ」

「はいはい」

五味は軽く応じて、お初に笑みを浮かべる。

「また来ます」

真顔でうなずくお初に、五味は気分を良くして信平の屋敷を出た。

一旦北町奉行所に顔を出し、巷を騒がせている盗賊について大きな動きがないのを確かめた五味は、時の奉行、島田（しまだ）出雲守（いずものかみ）忠政（ただまさ）に呼ばれていやな顔をした。

「また叱られるか」

案の定、他の与力と共に、盗賊の探索が思うように進んでおらぬ件でこってりしぼられた五味は、下がる段になって一人残った。

島田が訝（いぶか）しそうな顔をする。

「五味、何をしておる。行け」

「それがお奉行、今朝も張り切って出仕する前に信平殿の屋敷を訪ねたところ、物騒な話を聞きまして」

信平と聞いて、島田の眉がぴくりと動く。

「信平殿は、何をおっしゃったのじゃ」

「例の幸福具合五十番の四十九番になった京橋界隈で売りに出された土地をめぐって、怪我人が出ております」

「ただの土地争いではないとおっしゃったか」

「町くらべの読売が原因ではないかと、憂えておられます」

「わしも、町をくらべるのはどうかと思うておったところだ」

「因果があるか、それがしが今から調べるのです」

前のめりになっていた島田は、かくりと首をかしげた。

「いずれにしても小物同士の争いであろう。お前が出るまでもない」

「そうはいきません。信平殿が憂えておられますから、それがしが調べて解決します。ということで、ごめん」

さっさと行く五味に、島田はあっけに取られた顔をしたが、信平が絡んでいるため止めはしなかった。

小者も連れず奉行所を出た五味は、寄り道をせず高木家具に足を運んだ。

行ってみれば、右腕を晒で吊った職人風の男が表におり、五味は声をかける。

「おぬしが幸助か」

手代と話をしていた幸助が、羽織袴（はかま）に紫房の十手（じって）を帯びている五味を見て、頭を下げた。

「与力の旦那……」

「五味だ。幸助か」

「はい」

「気の毒なことだったな。襲われた時の話を聞かせてくれ。いつやられたのだ」

「何日か前の夕方です」

五味は渋い顔をする。

「なんだ、昨日ではないのか。為五郎が今朝になって鷹司町の代官に話したと聞いたからな、てっきり昨日のことだと思うていたぞ」

幸助は申しわけなさそうな顔をした。

「ひょっとして、鷹司様が五味様にお命じに……」

「信平殿は親友だからな、朝餉を共にしている時に聞いたのだ。それはいいとして、何ゆえ町役人に届けないのだ」

幸助は下を向いた。

返答に困ったような顔をしているのを見て取った五味は、腕組みをする。

「我ら役人が頼りにならぬからか」

「いえ、決してそのような」

「ならば、襲うた者に口止めでもされたのか」

押し黙る幸助の横で、手代がばつが悪そうな顔をしている。

幸助が観念したように口を開く。

「為五郎義兄さんは、その日のうちに江島様を頼ると言って帰ったのですが、これ以上町の評判が下がるのを心配された旦那様が、人を走らせて止められたのです」

「例の読売を気にしたか」

「はい」

「気持ちは分かるが、これは罪だぞ。お前さんは、大怪我をさせられたというのに、泣き寝入りを納得できるのか」

幸助は眼差しを下げた。

「わたしよりも女房の奴が承知せず、今朝早く、為五郎義兄さんのところに行きやした」

「なるほど、そうだったのか。では、襲われた時のことを詳しく聞かせてくれ」

するると幸助は、手代に顔を向けた。

「こうおっしゃってくださっている旦那を、頼ったほうがいいんじゃないか」

「でも……」

困った顔をする手代に、五味が問う。

「また何かあったのか」

「…………」

躊躇う手代に代わって、幸助が口を開こうとした時、番頭が出てきた。

「どうぞ、中へお入りください。あるじがお助け願いたいそうです」

五味が応じると、番頭は腰を低くして案内する。

板張りの短い廊下を右に折れると、石灯籠が置かれた小さな庭が左側にあり、その先の客間で、正兵衛は妻のおすみと待っていた。

八畳間の上座に着座する五味に対し、正兵衛とおすみは神妙に頭を下げる。

あいさつもそこそこに正兵衛が切り出したのは、十五歳の息子健太が帰ってこないことだった。

父親よりも、母親のほうがいても立ってもおれぬ様子で願う。

「五味様、もうすぐ暮れ六つになるというのに、朝出かけたきり、帰ってこないのです。奉公人に手分けをさせて、行きそうなところを捜させていますが、どこにもいません」

五味は、両手をついて眉尻を下げ、今にも泣きそうな顔をしているおすみに問う。

「息子はどこに行くと言って出たのだ」

「隣町にいる幼馴染と将棋を指しに。好きなものですから、暇さえあれば行くのですが、いつもはもうとっくに帰っているんです」

「で、そこにもいないのか」

「手代を走らせたところ、いつもと同じ頃に帰ったと言われました。もう二刻も過ぎています」

「なるほど。そいつは心配だな。よし、今から捜してみよう」

五味は母親を残し、正兵衛を連れて町へ出た。幸助を襲った者の仕業ではないかと、ふと頭をよぎったからに他ならぬが、いささか苛立(いらだ)たずにはいられない。

「おい正兵衛」

「はい」

「幸助が怪我をさせられたというのに、息子を一人で歩かせるとはどういう了見だ」

正兵衛は歩きながら、ばつが悪そうな顔を向ける。

「あれから手前どもに、いやがらせをしてくる者もおりませんでしたし、今日はいい天気でしたもので、悪党がお天道様(てんとさま)の下で息子を襲いはしないだろうと思いまして」

「それは間違った考えだぞ。狙う者は時を選ぶのではなく隙をうかがっている。たとえばこの路地を見てみろ」

五味は立ち止まり、右手の狭い路地を示す。

「こっちが近道だと中に入ってしまえば途端に人目がなくなり、狙う者からすれば絶好の場所だ。昼も夜もあったもんじゃない」

正兵衛の顔から血の気が失せた。

「旦那、倅はまさに、この路地を使っております」

「それを早く言えよ」

五味は路地に足を進め、手がかりを探しながら通り抜けたところで、大きな通りの左右を見る。

正兵衛が、幼馴染の家は右だと言うのでそちらに足を向け、商家ではなく町家ばかりが軒を連ねる通りに、舌打ちをする。

「人が歩いておらぬ時が多いな」

「このあたりは、そうですね」

心配そうな声を吐く正兵衛が、前の路地から出てきた男に気付いて知り合いだと教え、声をかけた。

「徳治さん」

「ああ、正兵衛さん、変わりはないかい」

歩み寄った徳治は、与力の五味を見て神妙な態度で頭を下げ、正兵衛に問う。

「何かあったのかい」

「健太が朝出たきり、帰ってこないんだ。この道を通っているはずなんだが、見なかったかい」

「見たよ」

「え！　ほんとうかい？」

「ああ、間違いなく見た」

薄ら笑いを浮かべる態度が気になった五味は、正兵衛より先に問う。

「いつ見たのだ」

「二刻ほど前でしょうか」

真顔になる徳治が答えた時刻は、健太が帰途についた頃だ。

「一人だったか」

五味の問いに、徳治は正兵衛をちらと見て、首を横に振った。

「女と二人です」

意外な答えに、五味は拍子抜けした顔をする。

「女？」

「はい」

「どのような女だ」

「ええ、まあ……」

正兵衛を気にする徳治に、五味が一歩近づく。

「親が心配しておるのだ。隠さず答えろ」

「徳治さん、教えてくれ」

正兵衛に拝まれて、徳治はまた薄笑いを浮かべる。

「派手な着物を着た、遊び慣れた感じがする若い女に、手を引かれて歩いていたんだ」

「は！　手を引かれていたって……、まさか……、人違いでは」

信じようとしない正兵衛に、徳治はうなずく。

「間違いなく、この目で見た。どこかで見た気がする女だが、思い出せなくてな。まあとにかく、べったりとひっ付いて、仲が良さそうだったぞ」

「女に興味を持ちはじめる年頃だからなぁ。大店の息子だからもてるか」

五味が笑いながら言うと、正兵衛が困り顔を向ける。

「旦那、待ってください」

五味が手で制して、徳治に向く。

「他に怪しげな男は近くにいなかったか」

「はい。二人だけです」

「そうか。では正兵衛、そういうことだ。そのうち帰ってくるから、今は店に帰って、幸助の話を詳しく聞かせてくれ」

背中を丸めて応じる正兵衛と高木家具に引き上げた五味は、店の板の間で待っていたおすみに、徳治に聞いたままを伝えた。

するとおすみは、目を吊り上げて五味に詰め寄る。

「うちの子に限って、みだらなことはしません！」

声を張り上げたかと思うと、悔しそうに泣きだした。

「分かった。もう一度捜してやるから、もう泣くな」

「五味様は酷い人です」

外まで聞こえそうな泣き声に弱り切った五味は、健太の顔を知っている若い手代を連れて外へ出た。

「まいったな」

ぼそりとこぼす五味に、手代が申しわけなさそうな顔をする。

「女将さんは普段は大人しい人なのですが、若旦那のことになると、人が変わったようになられますから」

「母親とは、そういうもんだろう。おなごといるなら、町を一回りするうちに帰ってくるだろうさ」

五味は笑って言い、手代とともに店から離れた。

六

商家の角にたたずみ、遠ざかる五味の背中を目で追っていた人相の悪い男が、通りを横切って高木家具に入ると、気付いて歩み寄ってきた手代に凄(すご)みを利かせる。

「あるじを呼べ」

酒とたばこでしわがれた声に、手代は不安そうな顔で応じる。

「旦那様、お客さんです」

「客じゃねえよ」

声を張った男が奥へ行き、帳場から出てきた正兵衛に腕まくりをして睨む。

「おめえがここのあるじか」

「はい」

「おめえんところの息子が、しでかしてくれたぞ」

正兵衛は不安そうな顔をする。

「健太が、何をしたとおっしゃるのです」

男は手代たちを気にした。

「人払いをしたほうがいいぜ」

「え?」

手招きし、近づいた正兵衛の耳元でささやく。

「聞かれたらおめえがまずいことになるから言ってやってるんだ」

正兵衛はごくりと空つばを飲み、男を上がらせ、手代たちの耳目がないところに招いた。

「聞かせてください」

男が顔を近づける。

「連れ込んだ女を、殺しやがった」

「嘘だ!」

大声を張り上げる正兵衛に、男は厳しい目を向ける。

おすみが奥の部屋から出てきた。

「お前さん大きな声を出してどうしたのです。健太に何かあったのですか」

正兵衛が震える声で告げる。

「健太が、人を殺めたそうだ」

おすみは息を呑み、両手で口を塞いだ。

見開いた目を向けるおすみに、男は真顔でうなずく。

「嘘です。うちの健太がそんな……、するはずありません」

何度も首を横に振って否定するおすみに、男が舌打ちをする。

「だったら見せてやるから、ついて来い」

正兵衛はすぐに立ち上がり、腰を抜かしているおすみの背中をさすった。

「きっと何かの間違いだから、落ち着いて待っていなさい」

行こうとした正兵衛の腕にしがみ付いたおすみは、自分も行くと言う。

手ぶらで出ようとする夫婦に、男が告げる。

「金でなんとかなるかもしれねぇから、とりあえず百両持っていろ」

応じた正兵衛は男を待たせて奥の部屋に行き、巾着を手に戻ってきた。

渡そうとするのを、男が拒む。

「念のために持っていろと言ったんだ。急ぐぞ」

草履を履くのもおぼつかぬほど動揺している両親を待った男は、早くしろ、と怒鳴り、外に出た。

案内されたのは、夜のとばりが下りた堀に面した商家の裏にある、小さな仕舞屋だ。

男がちょうちんを持ち上げ、ここだと言う。

ひっそりと、暗い影を落としている建物はかたむいている。

「どうして、こんな家に息子が」

おすみに袖を引かれた正兵衛は、とにかく確かめようと小声で告げて手をにぎり、男に続いて中に入った。

先に上がった男が、板張りの廊下を奥に行く。

草履を脱いだ正兵衛は、おすみの手を離さず、男に付いて廊下を進んだ。

障子が開けられたままの部屋から、明かりが漏れている。

男はちょうちんの火を吹き消し、その部屋の前で止まって振り向く。

「見てみろ」

言われて、正兵衛はおすみを待たせて進み、そっと中を覗く。そして、目の前にある光景に愕然とした。

布団の上で全裸の若い女が仰向けに倒れ、口から血を流している。胸には包丁が刺さったままで、開けた目は恨めしそうに天井に向けられている。

その骸（むくろ）の向こう側に、やくざ風の男が立っている。その背後でうずくまっている者の顔は見えずとも、乱れた空色の着物は確かに、倅の物に違いなかった。

「健太！」

張り上げた声に、健太がはっと振り向く。父の顔を見るなり表情を歪（ゆが）め、首を何度も横に振る。

震える健太の手は、赤く染まっている。

「健太、お前！」

駆け寄った正兵衛が息子の顔を平手打ちすると、おすみが背後で悲鳴をあげた。

健太は何か言おうとしたが、その前に正兵衛がもう一度張る。

倒れそうになる息子の胸ぐらを引き寄せ、怒りにまかせて三度たたこうとした時、おすみが健太に抱き付いてかばった。

「健太じゃありません。この子が人を殺められるものですか！」

「おとっつぁん、わたしじゃない」

健太が必死に訴えたが、正兵衛は目を見張った。

「お前、酒を飲んでいるね」

「覚えていないんだ。酔って寝てしまって、目がさめたら、死んでいたんだよう」

訴えて泣き崩れる健太を、おすみが抱きしめた。

肩をたたかれた正兵衛が振り向くと、やくざ風の男が渋い顔で告げる。

「この娘を知っているか」

「はい」

お栄という味噌屋の娘で、町では評判の男癖が悪い女だ。

男がうなずく。

「だったら話が早い。おれはこの家の持ち主の孝行ってぇもんだが、お栄に貸していたんだ。今日もいつものように、気に入った男を家に引き込んで楽しんでいたようだが、悲鳴がしたもんだから飛んで来てみれば、このありさまだ。いったい何が気に入らなかったのかと訊いても、覚えていないの一点張りだ。まだがきのくせに、お栄に良いところを見せようと酒を飲みすぎたまではいいが、殺しちゃあいけねぇな」

どすの利いた声でとうとうと告げられた親子三人は、身を寄せ合って怯えている。

孝行は、目を合わせようとしない正兵衛を睨む。

「この始末、どうつける。ええ？　どうするよ。がきはいくつだ」

「十五です」

「十五なら、御上（おかみ）にしょっ引かれたら死罪だな」

おすみが悲鳴をあげて、健太を抱いた。

「この子はやっていません。やるものですか」

孝行がじろりと睨む。

「酒をかっくらって覚えていませんから、うちの息子じゃありません。というのが、御上に通るとでも思っているのか。旗本でも打ち首にされるほどの所業だぜ」

「でも……」

「でももくそもねえ。お栄がここにいろんな男を連れ込んでいたのは、このあたりの者は誰だって知っているんだ。今日は健太と二人きりだったんだぜ。他に誰がやったと言うんだ！」

血に染まった健太の手をつかんで見せると、おすみは泣き崩れた。

投げるように健太の手を離した孝行が、正兵衛の前で大股を広げてしゃがむ。

「何も首を取ろうって話じゃねえ。おれは、御上が大嫌いでな。年端もいかねぇがきを突き出す気はさらさらねえのよ。話し合い次第では、女を綺麗（きれい）さっぱり消して、何もなかったことにしてやるがどうだい」

正兵衛が驚いて口を開く前に、おすみが割って入り、孝行に平身低頭した。

「お助けください。何をすればよろしいでしょうか」

「お金なら、いくらでも出します」

おすみの横で額を畳にこすりつける正兵衛を見下ろした孝行は、手下と顔を合わせてほくそ笑む。すぐ真顔になり、こう切り出した。

「そうさな、今手持ちの金を、すべて置いて行け」

正兵衛が啞然と顔を上げた。

「そ、それでお助けくださるのですか」

孝行は巾着を取り上げ、重さを確かめてうなずく。

「言っただろう。おれは御上が嫌いなんだ。お栄に情があるわけでもねぇから、これだけあれば十分だ。と言いたいところだが、こいつは、お栄の恨みだ」

孝行は、手下が桶に入れて持って来た泥をつかみ取り、親子三人に投げつけた。

着物と顔が汚れたおすみは、何をするのです、と声をあげたが、正兵衛と健太は黙って泥を受けている。

「ああすっきりした。良い着物を着ている奴らを、いっぺんこうやってみたかったんだ」

野良犬のごとく泥に汚れた三人を見て笑った孝行は、真顔で睨む。

「あとは始末しておくから、帰っていいぜ。二度とその面を見せるんじゃねえ」

おすみは安堵して頭を下げ、健太を立たせた。

正兵衛は、くれぐれもよしなに、と言い、妻子を連れて帰っていく。

座敷で見送った孝行は、手下二人とふたたびほくそ笑み、物言わぬお栄に片手を立てる。

「殺すには惜しい女だったが、成仏してくれよ」


町を一回りした五味が若い手代と共に高木家具に戻ってみると、店番をしていた手代が申しわけなさそうに告げる。

「五味様、ご足労をおかけしました。若旦那は無事、お戻りでございます」

五味は笑った。

「言ったとおりだっただろう」

「はい。ですが、三人ともどういうわけか、着物を泥で汚しておられました」

「泥で？」

「はい。女将さんなんて、いつもお顔を気にしてらっしゃるのに、頬を汚されて」

「健太は十五にもなって、泥遊びでもしていたのか？」

「どうやらそのようで」

「は？」

呆れた五味に、眉尻を下げる手代は白い歯を見せて笑う。

「やけに怒った様子の男の人が来られて、旦那様と女将さんが、血相を変えて出ていかれたのです。そしたら、お召し物を汚されて戻られました」

「喧嘩でもしたのか」

「そのご様子ではなく、ほんとうに泥遊びだそうです」

「まあいいや。幸助は帰ったのか」

「いえ、旦那を待っておられます」

店の奥から出てきた幸助が、頭を下げた。

五味は微笑む。

「待たせて悪かったな。息子も帰ったことだし、改めて話を聞かせてもらおうか」

「承知しました」

五味は手代に向く。

「すまんが、座れる場所を貸してくれ」

「では、こちらに」

手代に案内されて帳場の前に腰かけた五味は、幸助から襲われた時の状況を詳しく聞いた。

土地をめぐる争いに違いないと睨んだ五味は、手代から、その土地はもう手に入れていると聞き、眉根を寄せる。

「幸助が襲われて、周りの者にも害が及ぶかもしれぬのに買ったのか」

「手付金が無駄になりますから、話を進めたのですよ」

そう言って奥から出てきた正兵衛は、着物を換えており、正座して頭を下げる。

「五味様、息子が戻りました」

「泥遊びをしていたそうだな」

正兵衛は苦笑いを浮かべた。

「お手数をおかけして、申しわけありませんでした。これは些少（さしょう）ですが、ほんのお礼の気持ちです。どうぞお納めください」

白い紙で包んだ小判を置かれても、五味は手を伸ばさず正兵衛を見る。

「ほんとうに土地を手に入れたのか」

「はい。おかげさまで、誰からもいやがらせをされておりませんし」

「それにしては顔色が優れぬようだが、ほんとうは、息子に何かあったんじゃないのか」

勘が鋭い五味に、正兵衛は明らかに動揺の色を浮かべた。さらに問い詰めようとした時、おすみが出てきた。

「五味様、息子が無事に戻ってきました。ありがとうございます」

五味は正兵衛から目を離さない。

「どうなのだ正兵衛」

「何もありません」

言ったのはおすみだ。

「健太は、おなごに誘われて嬉しくなって付いて行ったそうですけど、お茶を飲んだだけだそうです。また会う約束をしたと言いますから、今叱っていたところなんですよ」

ほほほ、と笑うおすみに、正兵衛が苦笑いを浮かべる。

「そうなのでございますよ。お恥ずかしい話でして……」

「恥ずかしいことではないぞ。もてていいじゃないか」

「はあ……」

「で？　それがなんで泥遊びになる」

「おなごと別れたあと、嬉しくなって空地で転げ回ったらしいのです」

「犬でもせぬぞ」

「まったくもって、お恥ずかしい。そこが人様の畑だったものですから、おおごとになりました」

「畑？」

「はい。耕されたばかりだったらしく、それはもうお怒りで、土を投げつけられました。お詫びのしるしに手持ちの金を渡して、お許しいただいた次第で」

「ふぅん」

五味は不思議に思ったのだが、若者が浮かれた気分になればそんなこともあるかと思い、納得した。

「あの、これを」

小判の包みを渡そうとするのを断った五味は、幸助に言う。

「箪笥は作れそうなのか」

幸助は、右腕を見つめる。

「まだ、なんとも」

骨が折れたため、まともに動くようになるか心配なのだろう。

察した五味はうなずく。

「正兵衛が正式に土地を買ったなら、あとは怪我を治すだけだ。大事にな」

「ありがとうございます」

五味は幸助の肩にそっと触れて励まし、正兵衛の見送りを受けて組屋敷へ帰った。

七

二日後――

「ああ、旨い。やはり朝は、お初殿の味噌汁に限りますな」

しみじみと汁椀を見つめる五味は、豆腐を口に入れて熱そうにすると、嚙まずに飲み込んだ。

呑気な五味を不機嫌そうに見ていた善衛門が、信平に顔を向ける。

黙って朝餉をとっている信平は、五味が先ほど告げた幸助の件に異論はない様子。

鷹司町のため、なんとしても幸助を呼びたいと言っていた善衛門は、汁椀を置いて手を合わせる五味に向く。

「まことに北町奉行所は、幸助に怪我をさせた者を捜さぬのか」

「はい」

「なぜじゃ」

「お奉行が、高木家具が土地を手に入れたなら、幸助を襲うた者はあきらめ、もう手出しはしないだろうと。それよりも、凶悪極まりない押し込み強盗を一日も早く捕えるよう、きつく命じられました」

「それはそうかもしれぬが……」

納得できぬ様子の善衛門に、五味が苦笑いをする。

「お奉行は焦っておられるのですよ。盗っ人一味の顔を見た者が現れ、人相書きを作って江戸中に貼り出したのですが、影すら見えず、探索が困難を極めておりますからな。それで、今日から盗っ人の探索に加わることになったというわけです」

善衛門が渋い顔をする。

「言うておくが、殿を頼るでないぞ」

「分かっていますとも。今朝は幸助の報告をしにきただけです。もう一杯味噌汁をいただきたいところですが、そろそろ戻ります。信平殿、ではまた」

「何かあれば、遠慮なく言うてくるがよいぞ」

そう言葉をかける信平に、五味はにこりとして帰ろうとしたところ、鈴蔵が来た。

「五味殿、奉行所の使いが来ました。高木家具の件で、火急の知らせがあるそうです」

「わざわざここまで来るとは、何か良からぬことか」

「直に話すと申して表で待っております」

鈴蔵に応じて出ようとした五味に、信平が声をかける。

「麿も聞こう。鈴蔵、お通ししなさい」

「はは」

信平は五味を促し、表玄関に足を運んだ。

鈴蔵の案内で門内へ入ってきたのは、五味の配下の同心だ。

信平に対し、玄関前で片膝をついたその者が言うには、今朝早く、町役人の枡屋長兵衛が北町奉行所に来て、行方が分からなくなっていた味噌屋の娘お栄を捜しているのだが、高木家具の息子健太が怪しいと言ったらしい。共に歩いていたのを何人も見ており、殺すと言っていたのを聞いたという者もいるので、奉行所で調べてくれと願ったというのだ。

　五味は渋い顔をした。

「お栄は良い噂(うわさ)はないが、町役人まで捜していたとなると、躾(しつけ)もせずほうっていた親御は、今になって心配しているのか」

「はい。男遊びは激しいですが、親に黙って外泊したことは一度もないそうです」

　共に聞いていた善衛門が口を開く。

「それは心配するのも無理はない。五味、町役人の訴えであれば、動かぬわけにはいかぬのではないか」

「確かに」

　五味は同心に問う。

「おれは今日から盗っ人一味の探索に加わるよう命じられているが、お奉行はなんとおっしゃった」

「五味様お一人で、枡屋長兵衛の力になるようにとのお達しです」

「元同心だから、二役をしろってか」

　笑って言う五味は、信平に向く。

「朝からお騒がせしました」

「手が足りぬなら、麿も手伝おう」

「いえいえ、こんなことに信平殿の手を煩わせられませんよ。ではまた」

五味は気軽に言い、鷹司家をあとにした。

盗っ人一味の探索に行くという同心と赤坂御門前で別れ、まずは長兵衛に詳しい話を聞くべく枡屋に急いだ。

鍛冶橋の前を通り、呉服橋に向かって堀端を歩いている時、後ろから声をかけられた。

「五味様、五味様お待ちを」

立ち止まって振り向いた五味は、知った顔に微笑む。

「おお、枡屋の番頭か、丁度良かった。今行こうとしていたところだ。長兵衛は店におるのか」

「旦那、大変です」

慌てた様子の番頭からお栄の死を告げられた五味は、驚いて歩み寄る。

「どこだ。案内しろ」

「こちらです」

連れて行かれたのは、高木家具の正兵衛が手に入れたばかりの土地だった。

倉庫の中に入ると、がらんとした広い建物の角に人が集まっている。若い小者が土を掘り返しており、枡屋長兵衛をはじめとする町の役人たちが、心配そうな顔で見守っている。

「長兵衛、何があった」

五味の声に顔を上げた長兵衛が、皆をどかせて歩み寄ると、神妙な面持ちで告げる。

「あそこに、お栄が埋められているのです」

「なんだと！」

五味が駆け寄ると、小者たちが慎重に土を取り除いている手元に、変わり果てたお栄の顔が出ていた。

骸を傷つけないよう手で土を取っている若者が、悔しそうな顔をしている。

長兵衛が言う。

「つい先ほど、家から逃げた飼い犬を捜していた者が、ここに入るのを見て追いかけて入ったところ、土を掘るので見ると、手が出ていたそうなのです。手前どもは、今日もお栄を手分けして捜そうと自身番に集まっておりましたから、こうして駆け付けたというわけでございます。掘り返したらご覧のように、お栄の顔が出ましたから、番頭を奉行所に走らせたところでした」

若者たちは、お栄を土から引っ張り出し、用意された戸板に載せた。

遊んだ仲なのか、誰にやられたんだと骸に問い、悔しそうに嗚咽する者がいる。

もらい泣きした長兵衛が、五味に小声で告げた。

「高木家具の健太が、殺めてここに埋めたに違いありません」

五味は長兵衛の目を見る。

「本気で言っているのか」

充血した長兵衛の目は、怒りに燃えている。

「一昨日の午後健太と歩いていたのを最後に、誰もお栄を見ておりませんから」

「しかしなあ……」

それだけでは決め手にならない、と否定しようとした五味の脳裏に、着物を泥で汚して戻ったという手代の声が浮かんだ。

「とんだ泥遊びだ」

「今なんと？」

「なんでもない。骸を自身番に運んでくれ」

そう告げた五味は、高木家具に走った。

店に入ると、正兵衛が帳場から出てきた。

「五味様、おはようございます」

「健太と話がしたい」

あいさつもなく言う五味の顔色をうかがった正兵衛は、目を泳がせた。

「いるんだろう。ここへ呼んでくれ」

「どうぞ、お上がりください」

顔を蒼白にして誘う正兵衛の態度に、五味はいやな予感がする。

奥の客間に入って上座に正座すると、程なく、母親に連れられて健太が来た。

両親に挟まれた健太が座るのを待ち、五味が切り出す。

「正兵衛、何も聞いていないのか」

「なんの話でございますか」

「お前さんが手に入れた土地のことだ」

「いえ、何も」

親子がいささか安堵したように見えた五味は不思議に思うのだが、演技を疑い告げる。

「健太、お前が一昨日一緒にいたお栄が、変わり果てた姿で見つかったぞ」

健太は目に涙を浮かべて動揺し、正兵衛とおすみは顔を見合わせた。

おすみが言う。

「五味様、まさか、息子が殺めたと疑っておいでなのですか」

五味が厳しい目を向ける。

「誰が殺されたと申した」

「い、いえその、変わり果てたとおっしゃったものですから、何か事件に巻き込まれたのではないかと思っただけです」

「ならば問うが、一昨日の夜、お前たち三人はどうして泥まみれで帰ってきた」

おすみが答える。

「ですから、健太が人様の畑を……」

「そんな話を本気で信じると思うていたのか」

五味はあの時は呑気に信じていたのだが、酷く動揺する親子を前に、今となっては疑いばかりが募る。

「正兵衛、お栄はな、お前さんが手に入れた倉庫の地べたに埋められていたのが見つかったのだ。これでも、まだ白を切るのか」

焦ったおすみが、五味に言う。

「うちの子じゃありません。違います」

五味は聞かぬ。

「健太、正直に申せ。お栄を殺めたのか」

顔を歪めた健太が、

「わたしが、殺したかもしれません」

わあ、と叫んで泣き崩れる健太の背中にしがみ付いたおすみが、五味に必死に訴えたのは、孝行の家であったことだ。

正兵衛からも話を聞いた五味は、立ち上がった。

「その話が真実ならば、孝行という男は疑わしい。御上に届ければ健太が罰せられると思うて、始末を頼んだのか」

「申しわけありません」

突っ伏す正兵衛に、五味は舌打ちをした。

「今のままでは、健太は下手人だ。もういないとは思うが、お栄と健太がいた家に案内しろ。健太は自身番に預ける。よいな」

息子にしがみついて離れようとしないおすみに、五味は言う。

「おれも健太がやったとは思わない。孝行という男の嘘とたくらみを必ず暴いてやるから、今は言うとおりにしなさい。そのほうが、健太の身を守れる」

罪を着せて、自害に見せかけて殺しにくるのを恐れた五味は、正兵衛とおすみを説得して、健太を連れ出した。

枡屋長兵衛が詰めている自身番に行くと、お栄の父親が健太につかみかかった。

「よくも娘を殺してくれたな。許せない！」

殴ろうとしたのを五味が止め、役人たちに離させた。

「まだ健太がやったと決まったわけではない。孝行という怪しい野郎が関わっているが、長兵衛、町役人として、その者を知っているだろうな」

「いえ、存じません」

「今からお栄が死んでいた家に行く。見れば思い出すだろうから付いて来い。父親を健太に近づけさせるな」

こう命じた五味は、正兵衛に案内させ、孝行の家に急いだ。

しかし思ったとおり、家はもぬけの殻で、茶碗のひとつも残されていなかった。

五味が長兵衛に問う。

「この家の持ち主は誰だ」

「ここは、半年前から売りに出されていますが、古いのと、前の住人が首をくったのが災いして、買い手がついておりません」

「そんな……」

目を丸くする正兵衛に、五味が告げる。

「狙いは百両ではないようだ。まんまと嵌められたぞ」

正兵衛は泣きながら訴えた。

「健太は、どうなりますか」

「このままではまずい。どうして息子を信じてやらなかったのだ。怪しい男が言うのを突っぱねて奉行所に届けていれば、こんなことにはならなかったぞ」

五味に怒りをぶつけられた正兵衛は、その場にへたり込み、がっくりと首を垂れた。

「娘さんが死んでいる目の前で、手を血まみれにして呆然としているのを見て、わたしも女房も、頭が真っ白になってしまったんです」

「だからってお前……」

親心が分からぬでもない五味は、震えている正兵衛の肩に手を伸ばした。

「幸助を襲った野郎か、その後ろにおる者が仕掛けたなら、これだけでは終わらぬはずだ。健太は奉行所で預かるが、今日明日に裁かれはしないから安心しろ。家に帰って、沙汰を待て」

正兵衛は手を合わせた。

「五味様、どうか、健太をお助けください」

「分かったから、もう泣くな。怪しい者が現れたら必ず知らせろ。いいな」

「はい」

背中を丸めて帰る正兵衛を見送った長兵衛が、五味に心配そうな顔を向ける。

「帰してよろしいのですか」

「それより、お栄は何をされて命を落としたか分かったか」

「はい。胸を刃物で三ヵ所も刺されています」

「健太にそんな真似ができるとは思えないが」

酔った勢いを疑いはしたが、五味はどうしても、孝行の存在が気になった。

八

中谷伝太夫は、上機嫌で孝行の酌を受けて酒を飲み干し、満足そうにうなずく。

「倅が牢に入れられたなら、これで高木家具はしまいじゃな」

孝行が意地の悪そうな笑みを浮かべる。

「あっしが捕まりさえしなければ、盗賊の探索で躍起になっている奉行所は、健太を下手人にして始末をつけるでしょう」

「ふん、盗っ人様々というわけか。人相書きが出回っておるが、一人も捕らえられぬとは、江戸の町はずいぶんと、悪党にとって住みやすい町よのう」

「まったくそのとおりで。ここで奉行所が功を焦り、健太を下手人として落着させれば、正兵衛とおすみは連座、高木家具の闕所は確実です」

「御上に取り上げられれば厄介だ。今のうちに安く買え」

「仕掛けは万全でございますよ」

孝行はにたりと白い歯を見せて身を寄せ、小声で策を伝えた。

確実に手に入ると思うたのか、伝太夫は笑みを浮かべて何度もうなずき、孝行に盃を取らせた。

健太の仕置がどうなるか、夜も眠れぬ日を過ごしていた正兵衛とおすみは、店こそ開けていないが、住み込みの奉公人たちと家に引き籠もり、息をひそめるように暮らしている。

表が騒がしくなったのは、健太が牢に入れられたという知らせを受けた翌日だ。見るからに怪しい輩が集まり、人殺し、と大声で叫び、町から出ていけと連呼している。

堅く閉ざしている表の戸に、人殺しと書かれた紙を貼り、新しくしたばかりの戸板に墨で落書きをしている。

おすみは耳を塞いで苦しんでいたが、いやがらせが三日続いた朝方、誰もいない店の鴨居に帯を吊り下げて首をくくろうとした。

臥所で枕を並べていた正兵衛が、おすみがいないのに気付いて捜していたため、踏み台から足を外す前に抱き止め、奉公人たちを呼んで引きずり下ろした。

健太はもう帰ってこないと泣き叫ぶおすみを抱きしめた正兵衛は、まだ沙汰が出ていないのだから早まった真似をするなと励まし、ようやく落ち着かせた。

そんなことがあった朝に、同じ通りで商売をしている口入れ屋のあるじ、佐平治が訪ねてきた。

儲けになる仕事はなんでもする佐平治は、薄暗い店を見回しながら奥に来ると、迷惑そうにしかめっ面をして上がり框に腰かけ、疲れ果てた顔で板の間に正座している正兵衛に切り出す。

「まったく、今日も朝早くから騒ぎ立てて、困った輩ですな」

戸をたたく音が店中に響き、出ていけ人殺し、と連呼する声が耳に付く。

「ご迷惑をおかけして、ほんとうに、申しわけありません」

「わたしにあやまらなくてもいいんだよ。ただね、昨日も近所の店主たちと集まっていたんだが、どの店も、外の輩のせいで客が減っているそうだ」

「言葉もありません」

「そうやって小さくなっても、健太さんは帰ってきやしないから、顔を上げておくれ。目を見て、話をしようじゃないか」

正兵衛が応じて目を合わせ、両手をついた。

「ほんとうに、申しわけありません」

「だからね、違うんだよ。今日は、お前さんにいい話をしにきた。まさに救いの神はこのことだ。というのもね、健太の罰が決まれば、親は当然連座となり、ここは闕所になる。そうなれば一文無しで追い出されるだろう。その前に、ここを売ったらどうだい」

正兵衛は、こぼれる涙を拭った。

「確かにありがたい話ですが、こんな時に、店を買う気になる人はいないでしょう」

「それがだね、奇特な人がいなさるんだよ。名前は言えないが、高木家具を気に入ってらした御武家様でね、お前さんたちが一文無しで途方に暮れるのは偲(しの)びないとおっしゃって、土地と店を千両で買うと、申し出があったのだよ」

「千両……」

「確かに、破格の安さだ。でもね、もし、もしもだよ、健太さんの罰が決まってしまえば、すべて取り上げられるんだ。今のうちに銭に換えて、親戚に預けるなどして、御上に見つからないところに隠しておいたらどうだい」

正兵衛のこころは揺れ動いた。

確かに佐平治が言うとおり、健太の罰が決まればすべてを失う。

おすみにだけは苦労させたくない正兵衛は、話を受けようとしたのだが、それでは、息子を信じていないことになると、己を奮い立たせた。

「健太は、人を殺めるはずはありません」

「おいおい正兵衛さん、お前さん、何を言っているんだい。健太さんは牢屋に入れられて、あとは罰の沙汰を待つだけなんだろう。無実の証もないのに、何を期待しているんだい」

決めつけ、蔑(さげす)んだ物言いをされてかちんときた正兵衛は、拳をにぎり締めて立ち上がった。

　殴られると思った佐平治が、でっぷりとした身体をのけ反らせて下がるのを横目に表に向かった正兵衛は、騒ぐ輩の前に出た。

「いいかげんにしてくれ！　健太は人を殺すものか！　帰ってくれ！」

　一瞬黙った輩が、腕まくりをして詰め寄る。

「何を言いやがる！」

「そうだ！　人殺しを育てやがって！」

「お前も同罪だ！　みんな、やっちまえ！」

　口々に罵ったろくでもなさそうな男たちが正兵衛を囲み、殴る蹴るの暴行をはじめた。

　佐平治が止めに入りようやく逃れられた正兵衛だったが、顔が腫れ上がり、腕には痣ができている。

　手代たちが助け起こして店に入る姿を、野次馬たちは気の毒そうに見ているだけで、声をかける者は一人もいない。

「みんな、手の平を返したように冷たいじゃないか」

　町の者たちの目つきが冷めていたのに気付いていた正兵衛は嘆いたが、すべては、健太がみだらな行動をとったせいだ。

どうすることもできない今の状況に、正兵衛は奉公人たちの前で突っ伏し、三和土(たたき)をたたいて悔しがった。

九

訪ねてきた五味から、高木家具の騒ぎを聞いた信平は、これからどうするつもりか問うた。

五味は茶を一口飲み、口を開く。

「健太はお奉行の沙汰により一旦牢に入れられていますがね、おれは、お栄を殺めたと思っていないのですよ。孝行という男さえ見つけられれば、何があったのかはっきりさせられるのですが、どこにおるのやら」

疲れた様子でため息をつく五味は、孝行を怪しみ、健太のために無実の証をつかもうとしているようだ。

信平は、気になったことを口にした。

「高木家具の前で騒いでおる者たちの素性(すじよう)は分かっているのか」

「町で商売をする商家の息子たちがほとんどです。騒がしいと言うのでおれが駆け付けた時には、会堂屋文秋が筆を手に来ておりましたから、幸福具合が落ちる元を断とうと必死になっているのでしょうね、おそらく」

善衛門が口をむにむにとやる。

「おぬしは与力であろう。文秋に書くのをやめさせぬか」

五味は顔の前で手を振る。

「あのおなごは、御上を恐れておりませんから言うても無駄です。場所を変え名を変えてでも、興味があるうちは書き続けますから」

「厄介なおなごじゃのう」

善衛門が渋い顔をするのを横目に、信平は話を戻す。

「健太がおなごを殺めておらぬなら、騒ぐ者たちの中に、高木家具を貶(おとし)めようとしている者の息がかかった人物がおるはずじゃ。くまなく素性を調べてはどうか」

「そうしてみますが、人手を盗賊の探索に取られていますからねぇ……」

物欲しそうな顔をする五味に、信平は微笑み、廊下に向く。

「鈴蔵、五味と共にゆくがよい」

「承知しました」

五味はぱっと明るい顔をする。

「いいのですか」

「うむ」

「なんだか催促に来たようで、申しわけないです」

「助けを求めに来たのであろうが」

善衛門に言われて、五味は首をすくめた。


信平の見張りが付いたとは夢にも思わぬ輩は、高木家具の前を我が物顔で占拠し、酒を片手に宴会でもするがごとく、調子づいていやがらせをしている。

火こそかけぬものの、店の表は貼り紙と落書きで埋め尽くされ、ごみが積まれている。

このありさまには、町の連中も、さすがにやりすぎだと罵るようになっているのだが、男どもはまったく気にする様子がない。

五味と共に野次馬に紛れていた鈴蔵は、離れた場所で帳面に筆を走らせている者に目を止めた。

総髪を頭の後ろでひとつに結んで背中まで垂らし、明るい緑の小袖に、紺の袴を着けている。

「あの者が、文秋ですか」

指差して問う鈴蔵に目線を合わせた五味は、そうだとうなずく。

「一見すると男ですね。でも、よく見ると確かに」

「良い女だろう。あ、今のはお初殿には内緒」

鈴蔵が見ているうちに、文秋は筆を矢立に納めて立ち去った。

それからも見張りを続け、夕暮れ時になった。

空を見上げた輩の一人が、皆に帰るぞと声をかけ、まるで一日の勤めを終えたように引き上げていく。

五味が一人の男を指差す。

「先頭に立って騒いでいた狐顔のあの者が、皆をまとめている」

「拙者におまかせを」

鈴蔵は五味と離れて、男から目を離さず跡をつける。

背が高く痩せたその男が向かったのは、遊び歩く者の風体にそぐわぬ、武家屋敷が並ぶ木挽町の通りだ。

男は一度立ち止まってあたりをうかがい、商家のあいだの路地に入った。

鈴蔵は、男が裏から入るのを見届け、表を通り過ぎる。

商家だが商いをしていないのか、看板はない。

あとから来た五味に場所を教えると、首をかしげ、自身番に足を運んで町役人に問うた。

すると町役人は、考えるまでもなく答えた。

「あそこは店ではなく、口入れ屋をしている佐平治という者の別宅です」

毎日のように高木家具に通っているのを把握していた五味は、鈴蔵に告げる。

「おれは高木家具に行き、佐平治が何をしに来ているのか調べる」

「では、拙者は忍び込んで男を調べます」

五味と別れた鈴蔵は別宅に戻り、暗くなるのを待って、瓦葺き(かわらぶ)の屋根裏に入った。

声がするほうへ進み、聞き耳を立てる。

「まったく、正兵衛はしぶとい野郎だ」

「佐平治の旦那の説得の仕方が悪いんじゃないのかい。今頃、兄貴と中谷様に叱られているだろうよ。明日はもっと派手にやらないと」

「そうは言ってもね、町の連中から、やりすぎだと白い目を向けられはじめているんだ。これ以上厳しくしたら、役人が出てくるよ」

「でも番頭さん、このままじゃまずいぜ。健太の罰が決まる前に店を手に入れないと、あっしらの苦労が水の泡になっちまう」

　番頭と呼ばれた狐面の男が不機嫌な声を吐き捨てたのを最後に、会話が途絶えた。戸が開け閉めされる音がして、廊下を去る足音が遠ざかる。

「兄貴」

　というくぐもった声に、鈴蔵はふたたび聞き耳を立てた。

「何か手を打たないと、高木家具が手に入りませんよ。あっしらが手を貸しますか」

「孝行兄貴が許すわけもねえ。奉行所の連中がおれたちを捜している今は、ここから出るわけにはいかねえだろう」

「そこだよ。ひょっとして奉行所は、健太がお栄をやったと考えちゃいねぇんじゃないですかい。あっしらの仕掛けを見抜いて……」

「見つからなきゃいいってことよ。孝行兄貴と上方に行きさえすれば、あとは礼金で遊び暮らすだけだ。ちょいと、用を足してくる」

　厠に行く足音が遠ざかった。

　三人が散ったところで、鈴蔵は移動して屋根裏から出ると、一人で座敷に残って酒を飲んでいる男の背後に迫る。

気付いて振り向こうとした男の背中をつかみ、後ろ首の急所を手刀で打ち気絶させた。

廊下の足音に応じて、鈴蔵は壁際に下がる。

障子を開けた仲間が、背中を向けて横になっている弟分に舌打ちをする。

「なんだいもう寝ちまったのか」

まだ飲むぞと声をかけて入った男が、気配に気付いて鈴蔵に顔を向け、ぎょっとする。

「おめぇ……」

誰だと言う前に迫った鈴蔵に、腹の急所を小太刀の柄で突かれ、悶絶した。

二人を縛った鈴蔵は、廊下に声を張る。

「番頭さん！　大変だぞ！」

「どうした！」

すぐに部屋から駆け付けた男が、縛られている二人を見て息を吞み、庭に振り向く。

暗闇から染み出るように現れた影にあっと声をあげて腰を抜かす番頭の首に、鈴蔵が小太刀の切っ先を突き付けた。

「すべて話せば、命は取らぬ」

ただならぬ鈴蔵の気迫に、番頭は顔を引きつらせた。


何も知らぬ伝太夫は、妾宅の座敷でいささか不機嫌に、孝行と佐平治と向き合っている。

「佐平治、何を手間取っておるのだ。早うせい。お瑶を世話したと思うて、わしを見くびっておるのか」

佐平治は平身低頭した。

「とんでもないことです。中谷様には、たっぷりと儲けさせていただいておりますから、感謝ばかりでございます」

伝太夫は苛立った。

「言うことと、やることがちぐはぐではないか。お瑶は、へそを曲げてわしを相手にせぬのだ。明日には必ず手に入れろ」

「はは」

「返事だけは良いのう、まったく」

　貧乏ゆすりをする伝太夫を見て、孝行は妹の部屋に行った。

「おい、お瑶、いいかげんにしろ。おめぇ何様のつもりだ。中谷様の機嫌をそこねる奴があるか」

　お瑶はそっぽを向く。

「知りませんよ。兄さんや手下たちが同じ屋根の下にいるのに、こんな狭いところで抱かれたんじゃ、声が聞こえるでしょう。そんなのいやなの」

　孝行は笑った。

「確かにそうだ。おれも聞きたくはねえや」

「店も買ってくれないし、相手をする気になんかなりませんよ」

「店のことは心配するな。あと一息で手に入る。そうすりゃ、おめえは料理屋の女将だ。おれも楽しみにしているんだぜ」

「頼みますよ。ここはもう、うんざりなんだから」

「分かったよ」

　肩を軽くたたいた孝行が戻ろうと廊下に出た時、庭に白い人影が現れたのではっとした。

よく見れば、狩衣を着けた男だ。烏帽子を付け、腰には雅なこしらえの刀を下げている。

「誰だ」

男の背後から現れた羽織袴を着けた町方与力に、孝行は気色ばむ。

「北町奉行所与力の五味だ。お前が孝行だな。そこへなおれ、お栄殺しの罪でひっ捕らえる」

孝行は動揺の色を浮かべたが、すぐに強気になる。

「中谷様！　中谷様！」

「何ごとだ」

障子を開けて出てきた中谷を後ろ盾に、孝行が五味に凄む。

「おい五味とやら、ここは高津藩の屋敷だ。町方は出ていきな」

中谷が信平と五味に厳しい顔をする。

「この者が言うとおりだ。何があったか知らぬが、町方の手が及ばぬ場所ゆえ、お引き取り願おう」

佐平治が前に出て、五味に頭を下げる。

「五味様、お久しぶりでございます。このお方は高津藩の筆頭家老ですから、無礼はお控えください」

「控えろと言うなら、お前たちのほうこそ、そこへなおれ。この狩衣の御仁(ごじん)を見て、何も気付かぬのか」

「ええ？」

佐平治が信平を見て、あっと声をあげた。

「ま、まさか」

「そのまさかだ」

五味がうなずくと、佐平治は恐れて逃げようとしたのだが、鈴蔵に逃げ道を塞がれ、中谷の後ろに戻ってきた。

中谷が問う。

「佐平治、あの者は誰じゃ」

「これだから田舎者は……」

「今、なんと申した」

「あの狩衣のお方は、将軍家縁者の鷹司松平様です」

「なんじゃと！」

目を見開いた中谷が、信平を恐れて下がった。

孝行は、妹の手を引いて襖を開け、裏手の出口から逃げようとしたのだが、奉行所のちょうちんを持った捕り方に囲まれているのを知り、自棄の声をあげて懐から刃物を抜いた。

「やい中谷、てめえ家老だろう。なんとかしやがれ」

怒気を浮かべた顔を向けた中谷が、歯を食いしばって信平を睨むと、刀をつかんで抜いた。

それを見た佐平治が声をあげる。

「先生方！　今ですぞ！」

潜んでいた用心棒たちが障子を開けて出ると、鈴蔵の背後から斬りかかった。

庭に飛びすさってかわした鈴蔵が、小太刀を抜いて信平を守る。

佐平治が、恐れた顔で信平を見ると、声を張る。

「先生方、高い金を払っているんだ。守ってくださいよ！」

四人の用心棒どもは信平を知らぬらしく、将軍家縁者が暇つぶしに町方に手を貸しているとでも思っているのか、蔑んだ面持ちで刀を向ける。

捕り方たちが守ろうとしたが、信平は手で制し、四人と向き合う。

狐丸を抜かぬ信平に対し、髭面の一人が猛然と斬りかかった。

「えい！」

気合をかけて斬り下ろした太刀筋を見切る信平は、引いてかわす。

髭面が返す刀で斬り上げようとしたが、一足飛びに出た信平に顔を平手で突かれ、両足が浮いて背中から地面に落ちた。

一瞬の出来事に、他の三人は慌てて刀を構える。

その者たちに疾風（はやて）のごとく迫る信平は、狐丸の鯉口（こいぐち）を切る。

用心棒が刀を振り上げる。

「おのれ！」

怒気を吐いて袈裟（けさ）斬りにした用心棒だが、空振りした。振り向くと、背後にいた二人に迫る信平の狩衣が目に付いた。

白い袖が舞った刹那（せつな）に白刃が煌（きら）めき、仲間の二人はほぼ同時に手首を斬られ、刀を落として、痛みに呻きながら下がって膝をつく。

信平の鮮やかな手並みを初めて見た用心棒は、己の目を疑い、目をしばたたかせる。

狐丸を右手に下げた信平に見られた用心棒は、腹を斬られなかったのは己の幸運だと悟り、戦意を失って刀を捨てた。

悲鳴をあげたのは佐平治と孝行だ。

用心棒があっという間に倒されたのを見て、腰を抜かしている。

中谷は己なりに腕に覚えがあって刀を取ったのだろうが、信平の剣術に度肝を抜かれたらしく、抵抗をやめた。

お瑶が、刀を落として膝をつく中谷につかみかかる。

「わたしの店はどうなるのよ。ねえ、なんとか言いなさいよ」

せがまれてもどうにもできぬ中谷は、何も答えず、呆然とうな垂れた。

五味の号令で捕り方たちが一斉に動き、悪党どもを捕らえにかかる。

狐丸を鞘(さや)に納めた信平は、五味と目を合わせて顎を引き、あとをまかせて鈴蔵と赤坂に引き上げた。


五味が信平の屋敷に来たのは、翌日の昼間だ。

いささか疲れた顔をしているものの、いつものように明るい。

「信平殿、此度(こたび)もおかげさまで、悪党を捕らえることができました」

頭を下げる五味に、信平は微笑む。

「かしこまらずともよい」

「はいはい、では、お言葉に甘えて」

頭を上げた五味は、お初が出してくれた茶を一口すすり、ほっこりと息をつく。

善衛門が待ちわびたように口を開く。

「おい、高津藩の悪党はどうなったのじゃ」

五味は湯呑みを持ったまま善衛門に向く。

「中谷伝太夫を迎えに来た藩の目付役に悪事のすべてを伝えましたところ、必ず厳しい沙汰をくだすと申して、引き取っていきました」

善衛門がうなずく。

「おなごにのぼせて、藩の名に泥を塗るとんでもない悪事を働きおったのだ。切腹ではのうて、打ち首であろうな」

「信平殿に暴かれたのが良かったのです。中谷はすっかり観念して、放心しておりましたから」

「当然じゃ。他の悪党どもは、どう仕置をする」

「お奉行は、お栄を殺めただけでなく、高木家具を貶めたことに立腹されておりますから、孝行は死罪になりましょう。他の者は、良くて島送りではないかと」

信平が問う。

「健太は放免したのか」

「はい。昨日のうちに帰しました」

「それは何より。では、幸助はやはり、高木家具の世話になるのか」

五味は笑みを浮かべる。

「腕も動くようになりましたから、そうなるでしょうな」

「それは何よりじゃ」

安堵する信平に、五味が湯呑みを置いて近づく。

「ついでに言いますと、評判がよろしくなかった口入れ屋の佐平治が町からいなくなりましたから、京橋の連中は喜んでおるようです」

これには善衛門が敏感になる。

「よその町の幸福具合の位が上がるか」

残念そうにする善衛門に、信平は告げる。

「此度の一件は、幸福具合のような、町くらべの読売が起こした事件のような気がせぬでもないゆえ、先でも同じようなことが起きぬか、心配じゃ」

「確かに、おっしゃるとおりかと」

「では、麿はあまり気にせぬことにする」

善衛門は驚いた。

「それはなりませぬ。気にしてこそ、良い町になると思いますぞ」

「ふむ」

信平は飄々(ひょうひょう)とした面持ちで、やおら立ち上がる。

「殿、どちらに行かれます。話はまだ終わっておりませぬぞ」

逃げる信平に笑った五味が、お初が淹(い)れてくれた茶をすすり、幸せそうな顔をした。

「茶も旨い」

第二話　父の遺言

一

鷹司邸の広大な庭には、佐吉が火除けのために植えた銀杏や犬槇などの木が大きく育ち、こんもりとした森を形成している。

その森から聞こえる油蟬の声は暑苦しくて耳にうるさいはずなのだが、表御殿の自室で書類に目を通している鷹司松平信平は、いたって涼しげな面持ちだ。

書類は、各領地から届けられた報告書だ。

上野国多胡郡岩神村千四百石。代官大海四郎右衛門。

上野国多胡郡吉井村他、合わせて四千石。代官藤木義周。

上総国長柄郡下之郷村千石。代官宮本厳治。

山城国宇治五ヶ庄六百石。代官千下頼母。

いずれの領地も、梅雨の長雨に祟られることなく田畑の作物がよく育ち、岩神村の絹や、五ヶ庄の宇治茶などの特産品も順調なおかげで、民百姓は幸せに暮らしているようだ。

書類に添えられていた代官たちの報告を読み終えて安堵した信平は、千下頼母が別に添えていた手紙に目を通す。

京にいる息子信政の様子が書かれており、日々学問に励んでいる姿を目に浮かべつつ、我が子の成長と息災を願わずにはいられない。

松姫に見せてやろうと思い、奥御殿に行こうとした信平は、前から来た侍女の竹島糸に止められた。

「今お伝えしにまいろうとしておりました。朋様が夏風邪をめされて、先ほどから高い熱が出ておられますゆえ、殿に移るといけませぬから、お渡りを控えられますようにと奥方様の仰せにございます」

「それはいかんな。朋は苦しんでおるのか」

「お顔を赤くされて息が苦しそうですが、昆陽先生の熱冷ましを飲まれましたから、じき下がると思います」

「ただの風邪ならばよいが」

「昨日から喉が痛いとおっしゃっていましたから、風邪に違いないかと」

信平は、松姫に従い渡るのを控えた。

「松にも、気をつけるよう申してくれ」

「承知いたしました」

「これは、頼母からの文じゃ。信政の様子が書かれておるゆえ、落ち着いたら渡してくれ」

朋を頼むと告げて表御殿の自室に戻り、残りの書類に目を通して過ごしていると、半刻（約一時間）後に松姫が来た。

淡い青の小袖に、紺の絽織が涼しそうな羽織を着けている松姫は、色白の顔に笑みを浮かべて入ってきた。

朱色の櫛が、今日の装いに映える。

信平は向き合い、心配して問う。

「朋の熱はどうじゃ」

「熱冷ましが効いて、今は眠っています」

「熱が下がったのなら、一安心じゃ」

「はい。頼母殿の文を読みました」

差し出されて、信平は受け取って表紙を見つめる。

「頼母がこうして送ってくれるゆえ、信政の暮らしぶりが分かるが、当の本人は筆不精じゃな」

「先月も、たまには文を送るようわたくしのほうから催促したというのに、此度の便でも来ませんでした」

穏やかな口調の中に、少々怒気が籠もっている。

いつの間に送ったのかと思った信平は、ちょっと驚いた。

「近いうちに送ってくるであろう。頼母が時々目を光らせてくれるゆえ、文を書かずとも伝わると思うておるのかもしれぬな。道謙師匠のところにも足しげく通うておるようだから、文武に忙しいのであろう」

「それはそうでしょうけど……」

寂しそうな松姫の肩にそっと手を伸ばす。

「便りがないのは息災な証と思うて、ほうっておいてやろう。茶を点てて進ぜるゆえ、くつろいでくれ」

松姫はうなずき、笑みを浮かべる。

茶室に入り、信政と朋の話をしながら一時過ごした。

宇治の領地で取れる抹茶は苦さの中にほのかな甘味があり、極上の品だと評判が広がっている。

松姫もこの茶を気に入っており、信平が点てたのを飲み干すと、嬉しそうな顔をする。

朋のもとへ戻ると言う松姫に、信平は小さな白磁の壺（つぼ）を差し出した。

「これは、今朝宮本厳治から届いたばかりの蜂蜜じゃ」

受け取った松姫は、微笑んだ。

「朋に食べさせてやりましょう」

「そなたも、くれぐれも気をつけてくれ」

松姫は応じて、奥御殿に戻った。

廊下で見送っていると、背後に鈴蔵が片膝をついた。

「殿、佐吉殿が居間でお待ちです」

昼に来ることになっていたため、信平は応じた。

居間に入ると、下座であぐらをかいていた佐吉が居住まいを正して頭を下げる。

上座に正座した信平は、佐吉を近くに寄らせた。

頃合い良く、お初と下女のおきぬが来て、昼餉の膳を信平と佐吉の前に置いた。

茄子料理と味噌汁と飯だけの軽い食事を共にとりながら、鷹司町について報告を受けることになっている。

「いただこう」

信平が箸を取ると、佐吉も続いて食事をはじめる。

茄子を唐辛子味噌で煮たのを一口食べた佐吉は、目を見張った。

「これは初めて食べました」

「おきぬが、味噌売りから教えてもろうたそうじゃ。なかなか美味であろう」

「はい。飯が進みます」

佐吉は喜んで食べ、飯を三杯もおかわりした。

給仕をしたおきぬは、嬉しそうな顔をしている。

腹が落ち着いたところで箸を止めた佐吉が、居住まいを正して話を切り出した。

「休楽庵の女将と、質屋七宝堂の娘美鈴が、幸福具合五十番で殿の町が五十番なのはどうにも納得できぬと申しておるのは、先日お耳に入れましたが……」

「ふむ。聞いた。さては、またあの二人に尻をたたかれたのか」

「はい。いえ……」

「どっちなのじゃ」

信平が笑うと、佐吉は困り顔をする。

「わしの出る幕がないと言いますか、二人は読売を持って町中を回り、これでいいのかと説いておりました。その結果、鷹司町の位を上げるべく、町の連中は進んで道の掃除をいたし、壁に墨で描かれた落書きを消しはじめております」

これまで、町の道はごみが目に付くことが多く、大通りをひとつ外れれば、自己を主張する書や絵などの落書きで、商家や町家の壁が汚されていた。

会堂屋文秋は、鷹司町の残念なところ、と題して、道のごみと壁の落書きを挙げている。

汚れた町は治安が悪い、というのが、町を評する文秋の基準のひとつなのだ。

信平は微笑む。

「動機はどうあれ、町が綺麗になるのは良い。いつか文秋に会う機会があれば、礼を言わねばなるまい」

「これがどうも、文秋というおなごは変わり者と申しますか、町名主たちが会おうとしても拒むそうです」

「ほおう。町の評価を甘くするよう頼まれるのを嫌(きろ)うて会わぬのか」

「そのような話を耳にしました」

「では、麿とも会わぬか。なかなかに、おもしろい人物のようじゃ。佐吉は、見たことがあるのか」

「いえ。五味殿に特徴を問いましたところ、一日中町を歩き回っておるため肌は日に焼けておりながらも、端正な目鼻立ちをしているそうです。時には髪をひとつに束ね、小袖に袴を着け男装をしたり、紙の束と筆を持ち歩くのを見かけるようですから、見回りの際は気をつけておるつもりですが、それらしい人物を見ておりませぬ」

「時には男装をすると申すは、姿を変えておるのか」

「五味殿は、そのように申されませんでしたが……」

「まあよい。会えぬなら、五味の口から礼を伝えてもらおう。町の者たちには、位に囚われすぎぬよう麿が申していたと、伝えてくれ。佐吉もさよう心得て、町のために務めてくれ」

「はは」

信平は食事の続きを促し、久恵と美鈴が張り切る姿を想像して目を細めた。

佐吉が告げる。

「今日はもうひとつ、お話がございます」

「なんじゃ」

「先日、町の通りに店を開いてくれた魚屋のことです」

話を聞いていた信平はうなずく。

「魚政か。どれも活きが良いと、お初が申しておったぞ」

「その魚政は、殿に大恩があるそうです」

「麿に？　はて、どのような」

「かの明暦の大火の折に、殿に世話になったそうです」

佐吉が言うには、魚政は、親の代から魚屋だ。かつて、江戸を火の海にした明暦の大火の大災の時に、店と家を失っていた。

一家で途方に暮れていた時、信平が私財を投じて造った長屋に入ることができたのを恩に着て、信平が町を賜ったと知って、鷹司町で商売をしたいと思ったらしい。

話を聞き終えた信平は、町の者たちが喜ぶ商売をはじめてくれたのを嬉しく思った。

「そうであったか。魚政に、よう来てくれたと喜んでいたと、よしなに伝えてくれ」

「はは。魚政は大喜びしましょう」

「ところで、美月と恵代は息災か」

以前助けた姉妹は、亡き両親の温もりが残る椿長屋でたくましく暮らしているはず。

朋のように夏風邪をひいておらぬだろうかと気にする信平に、佐吉は、箸と茶碗を置いて手を合わせてから応じる。

「二人とも息災にしております。姉の美月は、休楽庵の板場で野菜の扱いから習っているそうです。妹の恵代は、休楽庵に共に通い、姉の邪魔にならぬよう過ごしております」

「それは何より」

信平は安堵し、懸命に暮らす姉妹に蜂蜜をひとつ渡すよう告げて、佐吉の妻子の分と合わせて持たせた。

二

その二日後の朝、椿長屋の住人宗七が、休楽庵に行く支度をしていた美月と恵代の部屋の前を、青い顔をして通り過ぎた。

美月は、格子窓の外を歩く姿を目で追っていたのだが、今日も朝まで遊んで帰ってきたのだと思い、妹の着替えを続けた。

路地でお勝の大声がしたのは、その時だ。

「この馬鹿！」

恵代が驚いた顔で美月に振り向く。

「馬鹿だって」

「またはじまったわね」

遊び歩く亭主をお勝が叱るのは、長屋の連中は毎日のように聞いている。

美月は笑って妹の手を引き、外へ出た。

宗七を見ると、部屋の前でお勝と向き合っている。腰に手を当てて仁王立ちしているお勝に何か言おうとしているのだが、とめどなく出てくる小言に割って入れないらしく、何度も口を開けては閉める顔が滑稽で、美月はころころと笑った。

それに気付いた宗七が、助けを求める顔で歩いてくる。

両手を伸ばす表情が恐ろしく感じた美月は、恵代を抱いて下がり、笑ったのをあやまった。

お勝が追ってくる。

「ちょっとお前さん、話はまだ終わっていないよ」

「助けてくれ」

宗七は言った途端に嘔吐し、そのまま横向きに倒れてしまった。

何がどうなったのかすぐには理解できず、美月と恵代は呆然と見ている。

驚いたお勝が駆け寄る。

「お前さんどうしたんだい？　どこか苦しいのかい？」

背中をさするお勝に向いた宗七は、手をつかんで口を開く。

「おれは、盗賊に殺される」

告げて、気を失ってしまった。

「お前さん！　どうしちまったんだよ。目をお開けよ」

動転しておろおろするお勝に代わって、美月は声を張り上げた。

助けを呼ぶ美月の声に応じて出てきた長屋の連中が集まり、一番に駆け付けた三助が、嘔吐して横になっている宗七を見て顔をしかめた。

「なんだい。また飲みすぎたのか」

お勝が首を横に振る。

「違うんだよ三助さん。酔っていないし、盗賊に殺されると言って倒れたんだ」

「なんだと」

三助は慌て、どこか刺されたのかと言って宗七の身体を調べた。

「血は出ていねえな。おい、宗七さん起きなよ」

頰を軽くたたいて身体を揺するも、宗七は目を開けない。

三助が美月を見る。

「美月ちゃん、水を持って来てくれ」

はいと応じた美月は、部屋に戻って柄杓（ひしゃく）で瓶の水をすくい、こぼれないよう気をつけながら持って出た。

三助が言う。

「顔にぶっかけな」

「えっ」

戸惑って身を固める美月。

三助は美月の手から柄杓を取ると、宗七の顔にぶっかけた。

「ひやあ！」

妙な声をあげて目をさました宗七が起き上がり、目の前にいた三助にはっとして、両腕をつかんだ。

「助けてくれ。殺されちまう」

「落ち着けよ。いったい何があったんだい」

「見て、聞いちまった」

「何を」

宗七は濡れた顔を手で拭い、怯えた様子で口を開く。

「ゆんべは、赤坂の賭場で一儲けして帰ろうとしたんだが、飲みすぎちまって、目をさましたら、道端の家に立て掛けてあった竹と壁のあいだに入り込んでいたんだ。またお勝に叱られると思って帰ろうとした時……」

せっかちな三助が口を出す。

「何かのあいだに入って寝るのはいつものことだろう。前置きはいいから、どうして殺されるのか早く言いなよ」

どうせ夢だろうと、本気の様子ではない三助や長屋の連中は、半分顔が笑っている。

大真面目な宗七は、ごくりと喉を鳴らして訴えた。

「博打で借財をしてどうにもならなくなった若い男たちがいたんだが、その三人に、稼がせてやる、と言って、盗み働きを手伝うよう誘っていた野郎がいたんだ。どこに入る気か聞いてやろうと思ってよ、近づいたのがいけなかった。見た目は商家のあるじ風の男と目が合っちまったら、野郎、刃物を抜きやがったもんだから、慌てて逃げ帰ったんだ」

三助が眉間に皺を寄せた。

「まさかとは思うが、真っ直ぐここに帰っちゃいないよな」

「一目散に帰った」

「馬鹿……」

三助が言うのと、集まっていた者から声があがるのが同時だった。

「殺しに来るかもしれないぞ！」

男の大声に住人たちは騒然となり、二人の男が木戸を閉めに走る。

「どうしよう。お前さんどうしよう！」

お勝は震える手を胸に当てて言葉を繰り返すばかりで、頭が働かないようだ。

美月は大きく息を吸って吐き、恵代の手をにぎってお勝に声をかけた。

「お代官様に、匿(かくま)ってもらいましょう」

三助が応じる。

「そいつがいいや。宗七さん、お勝さん、今すぐ行ったほうがいい」

お勝は宗七を立たせて、尻をたたいた。

「ほら、ぼうっとしてないで行くよ」

「…………」

「わたしも一緒に。休楽庵に行きますから」

恵代の手を引いた美月は、代官所は苦手だと言う宗七を促して、長屋から出た。

宗七は、賊の男がいないかあたりを見ながら、お勝と美月に続く。


朝から町を見回っていた佐吉は、早くから商売をしている茶店の長床几に腰かけ、茶を飲んで一休みしていた。

そこへ、お勝たちと急ぐ美月と恵代が来たので声をかける。

「おぉい、美月、何をそんなに急いでおるのだ」

佐吉がいるのに気付いた美月は、駆け寄った。

安堵した様子の顔を見て、佐吉は不思議に思う。

「何かあったのか」

「ありました。宗七さんが、盗賊の顔を見たせいで命を狙われているんです」

思わぬ美月の言葉に、茶を飲みながら耳をかたむけていた佐吉は吹き出して立ち上がった。

「なんだと！　宗七、賊はどいつだ」

通りに顔を向ける佐吉を見上げた宗七が、振り向く。

大通りには、荷車を引いて品物を運ぶ商家の連中と、買い物をしに来た町の者たちがちらほらといるだけだ。

「ここには、まだ来ていないようです」

「逃げるのをつけられたのか」

「なんせ必死でしたから、分かりません」

「では今のうちに隠れろ」

美月が口を挟む。

「お代官様、お願いします。匿ってあげてください」

まだ子供の美月に懇願の眼差しを向けられて、佐吉は相好を崩す。

「心配するな。宗七はわしが守ってやる」

大きな手を頭に置かれた美月は、安堵の笑みを浮かべてうなずいた。

「休楽庵に行くのだろう。あとはわしにまかせなさい」

「はい」

一歩下がって頭を下げた美月は、恵代と仕事場に走っていった。

佐吉は宗七夫婦を連れて役宅に戻ると、国代と仙太郎に事情を話し、下男の藤助と下女の香奈に、誰かが来ても決して門を開けるなと告げた。

宗七とお勝を母屋の六畳間に落ち着かせた佐吉は、改めて詳しい話を聞いた。

すると宗七は、背筋を伸ばして口を開く。

「賭博で借財を作っていた若い男三人は、運が向いてきたなどと喜んで誘いに乗りやした。近いうちに、渋谷に暮らす金貸しの家に押し入るという声が聞こえたのですが、肝心の名前が聞き取れなかったもので、近づこうとしたのがいけなかったんです」

佐吉は腕を組んで考えた。

「近頃江戸を騒がせておる、凶悪な押し込み強盗の元締めかもしれぬな」

宗七はごくりと喉を鳴らした。

「お代官様、そんな奴らじゃ、あっしは生きた心地がしやせん。嘘だと言ってくださ い」

佐吉はじろりと睨む。

「夜中の町は、悪の道をゆく者たちがうろついておるのだ。そういう輩と出くわすのがいやなら、賭場などに足を運ばぬことだ」

お勝が宗七の背中をたたく。

「お代官様がおっしゃるとおりだよ。もう行くんじゃないよ」

首を垂れて返事をしない宗七に、佐吉がもう一押しする。

「賭博に未練があるなら、ここには置けぬぞ」

宗七は慌てた。

「やめます。行かないと約束しやすんで、置いてください」

手を合わせて拝む宗七に、佐吉は言う。

「約束を違えれば、承知せぬからな」

「はい！」

「うむ。では、ここで大人しくしておれ。わしはこれから、殿にご報告してまいる」

仙太郎に留守をまかせた佐吉は、赤坂に走った。

信平の屋敷には、今朝も五味が来ていた。共に佐吉の話を聞き、渋い顔をして黙っている五味に、善衛門が言う。

「なんじゃおぬし、渋谷は町奉行所の受け持ちでないから黙っておるのか。押し込み強盗となると話は別であろう。今すぐ立ち戻り、与力の勤めをせぬか」

五味は心外だと反論した。

「そうしたいのはやまやまですがね、判断が難しいところなのですよ」

善衛門は口をむにむにとやる。

「何を迷う」

「奉行所には、賊が麴町の商家を狙っているという情報があるのです。おれも今夜から、麴町の見回りをすることになっておりまして」

「賊が奉行所を混乱させるために、偽の情報を流しておるのではないか。宗七は直に聞いておるのだから、渋谷の金貸しが本命であろう」

善衛門はそう言うが、五味は首を横に振る。

「聞かれたと分かっていて、押し込むとは思えませんが」

「ではどうあっても、麴町に集中すると申すか」

「渋谷は、町奉行所の受け持ちではありませんから、御奉行は人を割かないと思います。夜まで時がありますから、これからおれが渋谷に行って、名主に話しましょう。狙われるような金貸しが誰なのかも分かるでしょうし」

善衛門はうなずいた。

「では信平殿、知らせたらまた来ます」

「それでは手間になろう。お初、麿は昼頃には休楽庵にまいるゆえ、五味と行って、知らせに来てくれ」

控えていたお初が応じて立ち上がるのを見た五味は、鼻の下を伸ばした。


五味は、渋谷に行く道すがら、横を歩くお初に嬉しげに語りかける。

「こうして二人で歩くのは、久しぶりですな」

「まあ、そうね」

つっけんどんな返事でも、五味は笑顔で前を向き、いい天気だなと言って、まるで緊張感がない。

それでも、渋谷の地に入ると表情を一変させ、道ですれ違う者や、立ち止まって話をしている男たちに厳しい眼差しを向ける。

そんな五味を横目に、お初も同じように、怪しい者がいないか目を光らせつつ、名主の家に急いだ。

三

その頃、休楽庵の板前をしている中矢陣八郎（なかやじんぱちろう）は、泊まり客の朝餉の片づけを終えていた。手を動かしながら、ふと、昨夜夢に見た両親を想（おも）う。

人には言えぬ理由で命を落とした両親が、久しぶりに、夢で姿を見せてくださった。

夢の中の両親はまだ若く、今年三十五歳になった己と同じ年頃だったろうか。

幸せだった日を目に浮かべた陣八郎は、黒漆塗りの折敷（おしき）に映る己の顔を見つめた。

父子似ていると言われていたが、父の面影は、今の己の面構えには微塵（みじん）もない。

国を出て、この休楽庵に拾ってもらうまでのあいだ、いろいろな地を渡り歩いてきた陣八郎は、ある思いのせいで、人相が変わってしまっている。

元武家の己は、浪々の身になってしまえばなんの取り得もなく、国を出たばかりの頃は食うに困り、残飯を漁（あさ）っていた。

それを見かねた飯屋のあるじが、陣八郎を料理の道に誘ってくれたのだ。

己に料理の才があるとは思ってもいなかったが、やってみれば、剣術や学問よりも楽しく、向いていると思った。何より、惜しみなく仕込んでくれる飯屋のあるじのおかげで、短いあいだにいろいろな技と味を習得したのだ。

そんな陣八郎は、小さい身体で懸命に働く美月を、当時の己と重ねていた。両親を喪った歳も境遇も違うが、料理に向き合う熱い気持ちが、同じに感じられるのだ。

今も美月は、楽しそうに仕事をしている。

ふたたび手を動かしはじめた陣八郎は、切りが良いところで、小さな弟子に声をかけた。

「美月、今日も野菜の仕入れに付いて来なさい」

台を拭いていた美月は手を止めずに明るく返事をし、せっせと仕事を終え、小走りで外に出た。

あとから出た陣八郎は、木戸を開けて待つ美月に微笑み、腰を曲げて潜る。

久恵が美月に与えた、藍染の小袖に薄黄色の帯を合わせたお仕着せは、粗末な生地ではなく、色味も顔によく合っている。

前垂れを取るのを忘れたと慌てる美月に、陣八郎は笑って言う。

「そのままでいい。赤も似合っているからな。それより、今朝は忙しくて話を聞いてやれなかったが、長屋で何があったのだ」

美月は歩きながら、宗七の災難を聞かせた。

思ってもいなかった内容に、陣八郎は驚いた。

「盗賊に命を狙われるとは、心配で眠れやしないだろう。気の毒だな」

「はい。今朝の長屋は大騒ぎでした。夜が不安です」

「幼い姉妹だけでは心配だから、当分休楽庵に泊まったらどうだ。わたしが住み込みで使わせてもらっている部屋の隣が空いているから、女将さんに頼んでみよう」

「いえ、わたしはいいんです。宗七さんとお勝さんが心配で……」

「江島様が長屋に帰しはしないだろう。役宅にいるなら安心だが、賊が長屋に来ないとも限らないから、やはり今日だけでも、恵代と休楽庵に泊めてもらいなさい」

美月は、申しわけなさそうにお辞儀をする。

「では、そうさせていただきます」

安堵した陣八郎は、商家が軒を連ねる通りを歩き、いつもの菜物屋に着いた。

軒下に出された台には、朝収穫したばかりの野菜がところ狭しと並べられている。

さやいんげん、青菜、千住(せんじゅ)ねぎ、山の芋、茄子など、色が良く、青菜は葉がぴんと張っていてみずみずしい。

陣八郎は、たった今持って来たばかりの青菜を並べている農家の男に声をかけた。

「今日はどれがおすすめかね」

へいと応じた農家の男は、そばに立っている美月ににこりと笑い、陣八郎に言う。

「ご主人、可愛らしい娘さんと買い物ですか。羨ましいですねぇ」

陣八郎は美月と顔を見合わせて笑った。

「娘だといいのだが、この子は休楽庵の板場で料理の修業中だ」

農家の男は驚いた。

「それじゃ、ご主人のお弟子さんですか」

「そういうことだ。これからは、良い野菜の見分け方を教えてやってくれ」

「そりゃもうお安いご用で」

さっそく自慢の菜物を手に取った男が、美月に教えてくれた。

熱心に耳をかたむける様子に目を細めた陣八郎が、ふと通りに目をやった時、こちらに歩いてくる商人の男を見て、心ノ臓が激しく鼓動した。忘れもしない因縁のある相手だと気付いて、酷く動揺したのだ。

陣八郎が菜物屋の客たちに紛れているおかげで、相手はまだこちらに気付いていない。見られる前に店の中に入り、通りを歩く男を凝視する。

見間違いかと思ったが、身なりは違えど、あの狡猾(こうかつ)そうな顔は昔と変わらぬ。

「親方？」

美月の声に顔を向けると、追って入り、心配そうな目で見ている。

「どうしたのですか？」

陣八郎は気持ちを落ち着かせて微笑む。

「なんでもない。ちょっと用を思い出したのでな、先に帰っていてくれ」

「でも、お野菜がまだです」

「昨日と同じ物でよいから、お前の目利きで選んでみるといい。すまぬが手伝ってやってくれ」

店の者に頼んだ陣八郎は、美月に大丈夫だからやってみろと言い、急ぎその場を離れた。

通りを小走りで行く陣八郎に、美月は首をかしげる。

「急にどうしたのかしら。親方らしくないわね」

大人びた口調を聞いた店の者と農家の男がくすりと笑い、仕入れを手伝ってくれた。

男を捜して大通りをゆく陣八郎は、前を進んでいる荷車の向こうに見つけ、油断なくあとに続く。すると男は立ち止まり、きびすを返すではないか。気付かれたかと思い、慌てて商家の角に身を潜めた。

幸い、戻ってくる男は陣八郎に気付いた様子はない。黒漆塗りの折敷に映えていた己の面構えを思い出した陣八郎は、長年の苦労で人相がすっかり変わってしまったからだと考えた。

ならば、と、思い切って角から顔を出してみる。

何かを探しているのか、しきりに周囲の者たちに目を止めている。夏の羽織と小袖は上等な物を着けており、髷も町人の形だが、昔と変わらず、卑劣で狡猾な心根を面に出している。

矢倉兼勝。

決して忘れることができぬ、元家老の側近だ。

憎き仇を目の前に、陣八郎の忌まわしい記憶が鮮明に蘇り、にぎっている拳に力が増してゆき、震えはじめる。

かつて北国に存在した藩の国家老、石黒穂積の軍師と言われていた矢倉の策謀により、陣八郎の父親は、藩の金蔵から一万両も横領した罪を着せられ、無実を訴えたもののろくに調べもせず沙汰がくだされ、切腹して果てた。同じ日に母も父のあとを追い自害し、一人残った陣八郎は、藩の情けで捨扶持を与えられ、最下層の家格に下げられたのだ。

それが原因で、相惚れだった許嫁の橘代と破談になり、その後橘代は、石黒の仲立ちで矢倉の妻になった。

矢倉は橘代を娶る時、これ見よがしに陣八郎を屋敷へ呼びつけ、祝言の手伝いをするよう命じて、下男のごとき扱いで働かせた。

矢倉がそこまで陣八郎を目の敵にしたのは、陣八郎の父が、藩の金の一部に使途不明な動きがあるのに気付き、石黒と矢倉の関与を疑い悪事を暴こうとしていたからに他ならぬが、小者から這い上がった矢倉は、生まれながらに恵まれていた陣八郎を妬んでいたに違いなかった。

矢倉は、橘代と夫婦の盃をかわす時、庭の片すみに正座させられ、目を背けることを許されなかった陣八郎に対し、勝ち誇った笑みを浮かべたのだ。

その時の屈辱と悲しみは、決して抜くことができぬ棘となり、今も陣八郎のこころに深く突き刺さっている。

店の角に立つ陣八郎を、矢倉はやはり、見分けることができないようだ。こちらを気にもせず、目の前を歩き去ってゆく。

陣八郎は、憎い横顔を見つめた。

獲物を探すような鋭い目つきは、仕える御家がなくなった今も、昔と同じように何か悪事をたくらんでいる証。

そう確信した陣八郎は、自分たち家族のような者が出ぬよう、奴が今何をしているのか確かめたくなり、気付かれないようあいだを空け、用心して付いて行く。

だが矢倉は、何をするでもなく町を一回りしただけで出ていき、麻布の寺町に行った。

こころの片すみに、橘代を心配する気持ちもあった陣八郎は、どのように暮らしているのか知りたくて、矢倉のあとを追う。

矢倉は、四辻の角を右に曲がる前に立ち止まった。警戒して振り向くと思う陣八郎は、路地に入って隠れた。

建物の角からそっと顔を出すと、矢倉はあたりを警戒するように見ていたが、右の道へと消えた。

路地から出た陣八郎がその四辻へ走り、商家の壁に胸をつけて道に顔を出す。

人が多く行き交っている道の先に、矢倉の後ろ姿がある。

見逃さぬよう跡をつけはじめた陣八郎だったが、

「道を空けよ！」

寺の山門から大音声がして、露払いを先頭に武家の行列が出てきた。人数からして大名の一行に違いなく、追い抜くことは許されない。

苛立ちの声を吐いた陣八郎は、露払いが向かう先を見る。ずっと前を歩いている矢倉は、左へ曲がった。

見届けた陣八郎は、別の道を走った。だが、矢倉を見つけることはできなかった。

違う道を走ってみたが、どこにもいない。

国を出て長年旅をし、流れ着いた江戸でようやく落ち着いて暮らせていたというのに、この世でもっとも憎い男を見てしまった陣八郎は、将来を約束し合った橘代が、矢倉と歩いている昔の姿を目に浮かべ、気持ちがぐっと沈む。

憎い矢倉を見失った己に腹が立ち、寺の土塀を両手でたたき、額を打ちつけた。

忘れもしない光景が目に浮かぶ。

祝言の夜、庭に正座させられていた陣八郎に気付いた橘代は、目が合うと唇を嚙みしめて前を向き、顔をうつむけた。

それからは二度と目を合わせようとしなかったが、懸命に涙を堪えているのが伝わってきた。

あの瞬間、陣八郎は、祝言の座敷に押し通り、橘代を取り戻そうという衝動に駆られ、行動に出ようと膝を立てた。だが、それ以上動く勇気が出なかった。実行すれば矢倉家の者に囲まれ、橘代もろとも殺されてしまう。そう思ったからだ。

切腹の座に向かう前の、父の顔が目に浮かんだのもある。

死に装束に身を包んだ父は、畳が裏返され、真っ白い布を敷いた八畳間に入る前に、泣いて見送る陣八郎の肩に手を置いた。

「よいか陣八郎、この先何があろうと、仇を討とうなどと考えてはならぬ。お前はころ穏やかに暮らし、わしの分も長生きをせよ。肉体はのうなっても、あの世から必ず見ておるぞ」

微笑んで語りかけた父は、陣八郎が初めて見る穏やかな顔をしていた。

あの時、生きよ、と告げた父の顔を思い出した陣八郎は、橘代を奪うのをあきらめ、そして今も、父の顔と言葉が鮮明に脳裏に浮かぶ。

「忘れるのだ」

自分に言い聞かせた陣八郎は頭を振り、今日の客の料理を作ろうと、休楽庵に引き上げた。

板場に戻ると、美月が両手に持った茄子を見くらべて、難しい顔をしている。陣八郎にも気付かないほど集中し、唇を尖らせている様子に、声をかけずにはいられない。

「美月、茄子が見つめられて恥ずかしがっているぞ」

ようやく顔を向けた美月が、どことなく落ち込んだ表情で応じる。

「お帰りなさいませ」

「うむ。茄子がどうしたのだ」

「農家の人が、この二つは味に差があるとおっしゃったので教えてもらったのですが、うっかりして、どちらだったか分からなくなってしまいました。紫紺が濃いほうは見分けがつくのですが、艶はどちらが上か迷ってしまいます」

真剣に向き合う様子に目を細めた陣八郎は、二つを手に取った。

「確かに、どちらも甲乙つけがたい。重さもほぼ同じだが、肝心なところを見落としておるぞ」

美月が驚き、茄子に顔を近づけて見極めようとするも、眉間に皺を寄せた。

「ここをよく見てみろ」

へたの部分を指差すと、美月は、白目が青みがかった無邪気な目を見開いて注目する。

「棘はどちらも残っていますし……」

　ぶつぶつと言っていた美月は、降参した。

「分かりません。教えてください」

　陣八郎は箸立てから一本取り、先をその部分に当てて見せる。

「への筋がしっかりあるほうがよく熟して甘味があり、上物だ」

　美月は大きく首を縦に振ると、笑顔で頭を下げた。

「明日は、もっと良い茄子を選びます」

　陣八郎は笑った。

「今日のも悪くないが、何ごとも熱心なのは良いことだ。料理にかかるから、茄子を洗ってきてくれ」

「はい」

　美月は笊を抱えて井戸端に行き、水を汲み上げにかかる。

　料理をはじめて程なく、板場に久恵が顔を出した。

「殿様、信平様がいらっしゃったから、三人分の料理をお願いしますね」

　陣八郎は苦笑いをした。

「女将さん……」

「あらいけない。もう殿様はなしだったわね。信平様のお顔を見たらつい……」

笑った久恵は、陣さんと呼びなおし、お願いねと言って戻っていった。

元武家を理由に、皆から殿様と呼ばれて悪い気がしなかった陣八郎だったが、信平を初めて見た時から、殿と呼ばれるのは恥ずかしいと思い断っていた。

久恵はつい癖が出たのだろうが、やはり今は、殿と呼ばれるのは気恥ずかしい。

また苦笑いを浮かべた陣八郎は自慢の包丁を取り、料理にかかった。

美月が洗った茄子を二つに割って、出汁で味を調えた味噌を塗り、炭火でこんがりと焼く。江戸前の海老は塩焼きに。鯵は味噌とねぎを加えてたたきにして、腕によりをかけて膳を調えてゆく。

その手際の良さは、美月の目をくぎ付けにした。

雑用をしながら、手の動きを見ている美月のことを、陣八郎は、仕込めばいい料理人になるだろうと思っている。

味噌汁を膳に置き、菜物を含めて五品の料理を調えた陣八郎は、美月に手伝わせ、自ら運んだ。

座敷には、信平と佐吉と五味がいた。

　三人は神妙な面持ちで語り合っており、信平は、膳を置いた美月が、三つ指をついて蜂蜜の礼を述べるのに微笑んで応じたものの、すぐに真顔となり、五味に向く。

　盗賊の話をしているようだと思った陣八郎は、膳を運んだ仲居と美月を下がらせ、久恵と並んで下座に正座し、小声で告げる。

「美月から聞いた、盗賊の件ですか」

　久恵はうなずき、一緒に聞いてくれと言われて、陣八郎は応じて耳をかたむける。

　食事をしながら五味が語っているのは、渋谷の金貸しについてだ。

　賊に目を付けられているのは、四谷(よつや)で両替屋を営んでいた隠居で、名は周蔵(しゅうぞう)。

　今は、身請けをした若い女と渋谷村に引っ込み、遊び半分で安い利息で金貸しをしているが、蓄えはかなりあるという。

　茄子を食べた五味が、嬉しそうに微笑んだ。

「この味噌は、香ばしくて旨い。お初殿も来れば良かったのに」

　信平への報告を五味に託したお初が、夕餉の支度をしに赤坂の屋敷へ帰ったため寂しそうにしている。

　そんな五味に、信平は箸を置いて問う。

「名主は、なんと申した」

五味は渋い顔で答える。

「周蔵は村に貢献しているらしく、すぐに手の者を遣わして、賊から守ると言いました」

「役人の姿があれば、賊は迂闊に近づくまい」

安堵する信平を見ていた陣八郎は、佐吉が茶を飲み干したのに気付いて、注ぎにゆく。

うなずいた佐吉が、信平に言う。

「これも、宗七のおかげですな。あとは、若者を誘っていた元締めらしき男を見つけ出せれば、悪党どもを根絶やしにできますぞ」

五味が佐吉に顔を向けて問う。

「そういえば、宗七は元締めらしき男の人相をなんと言うておったのだ」

「目つきは鋭く、いかにも悪知恵が働きそうな顔をしているのと、何より目立った特徴は、下顎の左に、小豆（あずき）ほどのほくろがあるそうですぞ」

五味はおかめ顔に笑みを浮かべ、信平に言う。

「人相書きにすれば、すぐ見つかりそうですね」

この時、久恵の横に戻っていた陣八郎は、膝の上で重ねていた手に力を込めていた。佐吉が語った賊の人相が、忘れもしない、矢倉兼勝の憎い顔だったからだ。

こころの機微に聡い信平に見られているのに気付かない陣八郎は、じっと畳を睨み、今も一緒にいるはずの橘代を心配し、唇を噛みしめて顔を歪めている。

ふと視線を感じて顔を上げた陣八郎は、信平に見られているのに動揺し、目を泳がせて久恵に向く。

「女将さん、料理に戻ります」

「そうね。あとは大丈夫だから、お願いします」

陣八郎は、信平と目を合わすことなく頭を下げ、座敷から下がった。

板場に戻り、包丁をにぎるのだが、親の仇と橘代の顔が頭に浮かび、どうにも手が震える。昔のように、金のために悪事を働いていると思うと、矢倉に対する憎しみが込み上げるのだ。

陣八郎は、袖を引かれて我に返り、顔を向ける。すると、美月が心配そうに見ていた。

「親方、どうされたのですか」

「どうもしないさ」

「でも、先ほどから番頭さんが呼ばれているのに、ちっとも気付かれないから」

陣八郎は驚き、板の間に振り向く。すると、為五郎が笑った。

「陣さん、何も手に付かないようだけど、心配ごとかい」

まな板に置いた魚はそのままだ。

陣八郎は笑って誤魔化す。

「いや、この立派なすずきを信平様にお出しすればよかったと、つい考えてしまって」

「そのことなら心配いらないよ。皆様鰺をお気に召されたご様子で、五味様が、おかわりをご所望ですよ」

為五郎はそれを伝えに来たのだった。

まだあるかと問われて、陣八郎は応じて仕事に集中した。

四

「橘代……」

名前を呼ぶ己の声で、陣八郎は目をさました。

部屋は真っ暗で、まだ夜中のようだった。

どれほど眠ったのか……。

珍しく寝酒を二合も飲んで布団に入っていた陣八郎は、目の前にいたはずの橘代が夢だと分かり、気分が落ち込んだ。

村の社の本殿裏で人目をはばかり、抱き合って将来を約束した若き日を夢で見ていた陣八郎は、腕を額に当ててため息をついた。

今頃、橘代はどうしているのだろう。

考えるのはそればかりになっていた。

人妻だ、忘れろと何度自分に言い聞かせても、悪事を働く男のもとで、どのように暮らしているのか心配でたまらない。

祝言の夜の、今にも泣きそうで、助けを求めるような橘代の眼差しが頭から離れぬ。

夜が明ける頃には、意を決していた陣八郎は、早めに板場に入り、五組の客の朝餉を作りにかかった。

一番に起きてきたのは、久恵だ。

板場に部屋が近いため、物音に目をさましたらしい。

陣八郎は頭を下げた。

「早くからすみません」

「いいのよ。それよりどうしたの？　今日は少ないというのに」

陣八郎は恐縮する。

「のっぴきならぬ用事を思い出しまして。そこで女将さん、今日一日、暇をいただきたいのですが」

「いいわよ」

白地に藍色の笹が染められている寝間着に、同じ柄の羽織を着けている久恵は、手で口を隠してあくびをした。

陣八郎はふたたび頭を下げる。

「すみません、急に」

「料理はわたしが作るから大丈夫よ、気にしないで。でも珍しいわね、何かあったの？」

「たいしたことじゃないんです」

濁して言わぬ陣八郎に対し、久恵はそれ以上訊こうとせず承諾してくれた。

泊まり客が宿を発つ前に身支度をして出かけた陣八郎は、矢倉を見失ったあたりに足を運び、周囲を捜した。

寺と町家が混在している町は路地が多く、人一人が板塀に帯のむすびを擦りながら通らなければいけないほど細い場所もある。

ここに入ったのなら、見逃したかもしれぬと考えた陣八郎は、路地に足を踏み入れた。

薄暗い路地の板塀は、人が帯を擦りながら歩くため、その部分だけ艶（つや）やかになっている。

横歩きで路地を抜けた先は一軒家が軒を連ね、朝餉の支度をする煙や、味噌汁の出汁の香りが路地に漂っている。

いずれかの一軒家で暮らしているのだろうか。

そう思いながら一軒ずつ格子戸の奥を見つつ歩き、四軒目に差しかかった時、丁度格子戸を開けようとしていた女と目が合った。

中を探る陣八郎の目を見た途端に、女は不快の色を浮かべて、睨むような眼差しを向ける。

陣八郎は、知り合いの家を捜している体で会釈をして通り過ぎ、突き当たりを右に曲がった。

同じ路地から出てきた女とふたたび目が合うと、あからさまに曲者（くせもの）を見るような顔をされた。

「どちらにご用です？」

　陣八郎は笑みを浮かべる。

「朝早くあいすみません。手前は鷹司町の者で、このあたりに古い知り合いがいると聞いたものですから来たのですが、同じような家ばかりで、迷ってしまいまして」

「確かに、外から見れば同じね。その人のお名前はなんとおっしゃるの？」

「橘代と言うのですが」

　女は唇を尖らせ、難しそうな顔をした。

「聞いたことないですよ」

　嘘を言っているようには見えない。

「そうですか。それじゃ、場所を間違えたようですね。お騒がせして、申しわけございません」

　丁寧にお辞儀をする陣八郎に、女はようやく警戒を解いたようで、笑顔で応じて、別の路地へ歩み去った。

　次からは用心して別の場所を捜した。橘代と過ごした時を思い起こしながら。

　この町に根付いている魚の棒手振(ぼてふ)りを捕まえ、名を出しても首をかしげる。忙しそうに行こうとするのを引き止めた陣八郎は、矢倉の特徴を伝えた。

「顎に小豆大のほくろがある夫と暮らしているのだが、その家に行ったことはないか。この近辺に暮らしているはずなんだが」

迷惑そうにしていた男は、やはり首をかしげる。

「さあ、覚えがありやせん」

「そうか。邪魔をしてすまなかった」

「いいってことですよ」

棒手振りは歌うように魚はいらんかと声をかけながら、路地を歩いていった。

狭い町ではない。そう容易く見つけられるとは思っていないが、陣八郎はあきらめず捜した。

どこかの宿に潜伏していると思えば足を運び、矢倉のほくろを伝えて問い、米や味噌屋の暖簾を潜って、橘代の名を出して訊ねた。

一日歩き回り、とうとう日暮れ時になっても矢倉と橘代に出会うことは叶わず、陣八郎は肩を落として家路についた。

休楽庵の裏口から入ると、開けられた勝手口の奥の板場で、白襷を掛けた久恵が働く姿が目に入った。

美月をそばに置き、時々笑みをまじえて料理を教えている。

擂鉢（すりばち）を前に真剣な顔をしている美月は、久恵の声にうなずきながら、か細い腕を懸命に動かしている。どうやら、胡麻（ごま）を擂っているらしい。

額の汗を手の甲で拭った美月が、陣八郎に気付いて明るい顔をする。

「お帰りなさい」

「うむ」

笑顔で応じた陣八郎は、久恵に会釈をして、井戸端で手を洗うと仕事に戻った。

今夜の泊まり客は三組六人と少なく、宴会もないため、仕事を休んだ陣八郎にとっては気が楽だった。

六人分の料理はほぼ終わっており、膳に並べて仕上げるだけだ。

「あとはやりますので」

陣八郎が言うと、久恵は一日何をしていたのかも問わず、お願いね、と応じて板場から出ていった。

久恵のそんなあっさりしたところが、今の陣八郎には救いだ。

「美月、おひたしを盛り付けてみな」

はいと元気に返事をした美月は、四角く深い磁器を並べ、小松菜のおひたしを箸で盛り付けると、自分で擂った胡麻をたっぷりかけた。

楽しそうに仕事をする美月の横顔を見て、陣八郎は一時、気持ちが晴れるのだった。

五

その頃、赤坂の屋敷にいる信平は、戻った鈴蔵から報告を受けていた。

休楽庵で盗賊の話を聞いた時の、陣八郎の様子が気になっていた信平は、本人には直に問わず、鈴蔵にそれとなく探るよう命じていたのだ。

陣八郎を疑っているわけではない。ただ単に、近頃多い盗賊の話に気分を悪くしただけかもしれぬが、たった今鈴蔵から、宗七が見た賊の特徴に似た男と、おなごを捜しているようだと聞いた信平は、休楽庵の座敷で見た陣八郎の苦しそうな表情を想う。

賊の特徴が知人に似ているなら、あの場で告げてもおかしくはない。だが、苦悶の表情で黙っていたのは、深い繋がりがあるのだろうかと考えてしまう。

陣八郎にとって善か、あるいは悪なのか。

そこのところが分からぬ今、放ってはおけぬ信平だった。

「佐吉に、気にかけておくよう伝えてくれ」

「承知しました」

音もなく下がる鈴蔵を見送った信平は、居間に戻った。

お初が調えた夕餉をもりもりと食べていた五味が、子供のように飯を口いっぱいに頬張った顔を信平に向けて、箸を置いた。

相手をしていた善衛門が、咀嚼でしゃべられぬ五味に代わって口を開く。

「殿、鈴蔵はなんと」

上座に正座した信平は、陣八郎は人を捜しているようだと言うと、善衛門は五味を一瞥して告げる。

「渋谷村の金貸しは、名主が守っておるおかげで、変わりなく暮らしておるそうです」

五味が何度も首を縦に振り、ようやく飲み込んで続く。

「いたって平穏そのもので、名主は、宗七の聞き間違いではないかと言うております。麹町のほうも、奉行所が目を光らせておるおかげで、何も起きておりません。賊は、江戸を去ったのかもしれませんな」

呑気な言い方をする五味に、善衛門もうなずく。

だが信平は、陣八郎の様子が気になり、賊がいるような気がしてならなかった。

「油断した頃に現れるのが悪というものじゃ。手ぐすねを引いておるかもしれぬゆえ、警戒は怠らぬほうがよい」

善衛門は表情を引き締め、五味に向く。

「飯を食うたなら、早う見回りに戻らぬか」

手の平を返す善衛門に、五味は舌を出しそうな表情をするも、憂えた様子になりため息をつく。

「押し込み強盗がないのは喜ばしいのですが、今奉行所は、もうひとつ厄介ごとを抱えております」

「なんじゃ」

問う信平に、五味は茶を飲んで真顔を向ける。

「大川に身投げをする者が増えているのです。十代から五十代の男が多いのですが、若い女もおります。この三日だけで、男女合わせて五人も川に浮かびました」

信平は驚いた。

善衛門が厳しい顔で問う。

「身元は分かっておるのか」

「分からないから困っているのです。身投げした理由が分かりません。一年を通してみると、自ら命を絶つ者は少なくはないですが、近頃は異常です。暮らしにくい世の中だという風潮は、今のところないのですがね」

腕組みをして困り顔をする五味は、こうも告げた。

「息子や夫がある日突然帰らなくなったと言う者も増えているのですが、身投げをした中にその者たちはいません。ですが、まるで神隠しにでも遭ったように姿を消すのです。まあ、いずれの者も、家族を悩ませる素行が悪い連中ばかりですから、家を捨てて、どこかで勝手気ままに遊び暮らしているかもしれませんがね。というわけで、忙しくてかないませんよ。味噌汁をもう一杯いただいて、元気を付けなきゃ」

五味は汁椀を持って、お初におかわりを頼みに行った。

信平は、善衛門にこぼす。

「町の者が自ら命を絶つのは、悲しいことであるな」

「まったくおっしゃるとおり。何が起きておるのでしょうな」

嬉しそうな顔で戻った五味が膳の前に座り、味噌汁をすすって目を閉じる。

「旨い……」

善衛門が問う。

「他に、変わったことは起きておらぬのか」

「はい。押し込み強盗と身投げ以外は、よくある揉(も)めごとだけで、いたって平穏です。毎日どこかの町で起きていた押し込み強盗がぴたりとなくなった今は、身投げを未然に防ぐ良い案が見つかればもっといいですが、死にたい理由は人それぞれですから、これが難しい」

確かに五味の言うとおりだと思う信平は、ふと、憂いが脳裏に浮かんだ。

「身元が分からぬと申したが、賊が出なくなったことと、繋がってはおるまいか」

善衛門と五味が、見開いた目を同時に向ける。

五味が汁椀を持ったまま立ち上がった。

「身投げをしたのが、賊だとお考えですか」

「人を殺めた者が、良心の呵責(かしゃく)に苦しんでの所業ならばまだ救いはあろう。されど、別の理由ならば、最悪じゃ」

信平の厳しい表情を見た善衛門が問う。

「殿は、賊の仲間割れだとお考えか」

「宗七の言葉どおり、押し込みを誘う者がおるならば、乗って手伝う者たちは皆、捨て駒にされてはいないだろうか」

五味が正座してお椀を膳に置くと、信平に向く。

「ですが信平殿、身投げをした者の中に、人相書きで手配をかけた者はおりませんでした」

「そうか、麿の考えすぎであろう」

信平はそう言って微笑んだものの、こころが晴れたわけではなかった。

訪ねてきた佐吉から、信平が案じていると聞いた久恵は、訝しそうに答える。

「特に、変わった様子はございませんがねぇ。信平様は、陣八郎さんの何を見て、心配されているのです？」

「殿がここで賊の話をしたあとすぐ、陣八郎は人を捜していたようなのだが、何か聞いているか」

「いいえ。初耳です」

久恵は言って、首をかしげる。

「江戸に知り合いはいないと聞いていますから、妙ですね。本人に訊いてみましょう

「いや、それはまだよい。それより女将、そもそも、陣八郎とはどういう縁で、ここに住み込むようになったのだ」

　すると久恵は、思い出し笑いをした。

「何がおかしいのだ」

「陣八郎さんと品川で初めて会った時のことを思い出したのです。ご承知のとおり、料理の腕が良いでしょう」

「うむ」

「大人しいようで頑固なところもあるから、品川の飯屋で、まずい料理で客から銭を取るなって、店主と大喧嘩をしていたんです。わたしはてっきり、料理にけちを付けてただ食いをする手合いだと思っていたら、ふふ、陣八郎さんたら、店主を板場に引っ張って行って、料理を教えはじめたんですよ」

「ほぉう、まあ確かに、陣八郎らしいと言えば、そうか。で？　どうしてここに来ることになった」

「その飯屋の店主が、教えられたとおりに作って客に出したら、美味しいと喜んだので、わたしも試しにいただいたのです。魚の煮付けだったんですけどね、一口食べて、なんとも言えない甘辛い味に、惚れたんです」

江戸に来たばかりだと聞いた久恵が、頼み込んで雇ったという。

話を聞いた佐吉は、腕組みをした。

「向こうから来たのでないなら、賊の引き込みではないな」

「あらやだ、信平様は疑ってらっしゃるのですか？」

「いや、わしがふとそう思っただけだ。殿は、陣八郎が賊と因縁があるのではないかと案じておられるようだから、本人には告げず気にかけておいてくれ。何かあれば、すぐ教えてほしい」

「そういうことでしたら、承知しました」

安堵する久恵にうなずいた佐吉は、役宅に帰った。

六

翌日——

朝方まで降っていた小雨（こさめ）はやみ、青空が出ている。

通りの水溜（みずた）まりを避けながら歩いていた陣八郎は、昨夜から長屋に戻っていた妹の恵代が熱を出したので休みたいと言ってきた美月を連れて、椿長屋に急いでいた。手には、恵代のために手に入れた熱冷ましの薬と、滋養をつけさせる卵粥を持っている。

高い熱だというので心配した陣八郎は、美月が小走りしなければならぬほど早く歩き、椿長屋の部屋に入った。

布団で仰向けに寝ている恵代は、頬を赤らめて息を荒くしている。

横に座した陣八郎は、額に置かれていた布を取り、美月に渡した。額に手を当ててみる。

「確かに熱が高い。恵代、どこが苦しい？」

薄目を開けた恵代は、しゃべろうとして咳が出た。

「喉が痛いか？」

問いにうなずくのに応じた陣八郎は、小さな身体を起こして腕に抱き、持って来た卵粥を匙ですくって口元に運んだ。

「少しでも食べなさい。そのあとで薬を飲めば良くなるぞ」

恵代はこくりとうなずいて、粥を食べた。

三口食べてもういらないと首を横に振るので、陣八郎は美月に薬湯を入れるよう指示した。

湯呑みを持って来た美月が茶瓶から注ぎ、熱くないのを確かめると、恵代に飲ませた。

一口含んだ恵代が、苦そうな顔をして身震いした。

美月が言う。

「我慢して飲むのよ」

「いやいや、苦いの嫌い。蜂蜜がいい」

「飲まなきゃだめよ」

湯呑みを近づけると、恵代は拒んでそっぽを向く。

陣八郎は恵代の身体を抱きなおして、袖から紙の包みを出した。

「良い子で飲んだら、これをあげよう」

開いて見せると、琥珀(こはく)色の飴玉(あめだま)につられて、恵代は苦いのを我慢して薬を飲み、すぐさま飴玉を口に入れた。

横にさせてやると、恵代は飴玉の包みを枕元に置き、目をつむって口の中で舐めている。

陣八郎は、美月にも飴玉の包みを渡してやり、台所に立った。

「薬を飲んだから、一時熱は下がるだろうが、夕方になるとまた上がると思うていたほうがいい。熱が下がった時に、粥の残りを食べさせてやりなさい」

土鍋を台に置いた陣八郎は、格子窓の外を横切る人の影に目を向け、はっとした。

憎き矢倉だったからだ。

矢倉は、陣八郎が見ているとも知らず椿長屋の路地を奥に進み、井戸端にいた長屋の女房たちに声をかけた。

「ちょいとお訊ねしますが、宗七さんの部屋はどこですか」

佐吉から、宗七を訪ねる者が来たら気をつけるよう言われている女房たちは、顎の左にあるほくろを見て恐れた顔をする者がいれば、警戒の眼差しを向ける者もいる。

穏やかな表情で、やや腰を曲げて低姿勢の矢倉は、どこにでもいる商家の者にしか見えない。

だが、長屋の者たちは油断しなかった。

「今出かけていますから、呼んできますね」

そう言ったのは、おくめこと、真苗（まなえ）と秋太郎（あきたろう）が暮らしていた部屋に新しく越して来たばかりの、おまんだ。

長屋を出ていく若いおまんに、矢倉はすみませんねぇ、と声をかけ、それからは、女房たちと他愛のない世間話をはじめた。

その口のうまさに、女房たちは次第に警戒を解いてゆき、物陰に身を潜めている陣八郎の耳に、女房たちの笑い声が聞こえた。

そこへ、一人の若い女が路地に入ってきた。

物陰に潜む陣八郎と目が合った女は立ち止まり、訝しそうにしている。

陣八郎が会釈をして、わざと美月の名を呼び、部屋に入った。

女は路地を進み、笑い声がする井戸端に行く。

陣八郎が戸口から顔を出していると、佐吉とおまんが走ってきた。

陣八郎に気付いた佐吉が問う。

「宗七を訪ねた商人はまだいるか」

「井戸端です」

「よし」

走ってゆく佐吉を見送った陣八郎は、気にする美月に外に出るなと告げて路地に立つと、矢倉に見られないところに潜んで探った。

「あの人です」

おまんが指差す商人に、佐吉が歩み寄る。確かに聞いたとおり、顎にほくろがあるのを見た佐吉は、声を張った。

「盗賊め、貴様を捕らえる」

大きな佐吉に怯えた矢倉は、のけ反って下がる。

「じょ、冗談はおやめください。どうしてわたしが盗賊なのですか」

佐吉が顔を指差す。

「顎のほくろが証だ。賭場で借金をつくった若者を、渋谷の金貸しの家に押し込む悪事に誘うたのを宗七に見られて、捜しに来たのであろうが」

「ち、違います」

「黙れ！」

佐吉の割れんばかりの大声に、長屋の女房たちがびくりとした。

矢倉は焦り、必死の形相で訴える。

「冗談じゃありません。手前は、しがない金貸しをしている太兵衛という者です。今日は、宗七に貸した金を返してもらえないから来たのです。あの人はずる賢いから、江戸を騒がせている盗賊の話を聞いて、悪事を思いついたに違いありません」

「どのような悪事だというのだ」

聞く耳を持つ佐吉に、太兵衛は口角を下げて言う。

「渋谷のどこだか知りませんが、わたしが押し込みを誘ったなどと、でたらめを言って盗賊の頭に仕立ててお役人に捕らえさせ、借金を踏み倒そうとたくらんだに違いないんです。そんな手合いに味方をするなんて、鷹司町は、とんでもない悪の巣窟だ」

太兵衛は、佐吉の後ろにいる者に気付いて声をかけた。

「どこかで見た顔だ。間違いない。今話題の読売を書いていなさる人だね」

興味がありそうな顔をした女が歩いてきた。

「会堂屋の文秋です」

「そう、文秋さんだ。丁度いいところに来てくださった。聞いてください。この鷹司町はとんでもない町だ。借金を返してもらいに来たわたしを、このお武家様は盗賊の頭だと言って捕まえようとしなさるんです」

文秋を名乗った女に興味津々げな目を向けられた佐吉は、正直焦った。このままでは、町を悪く書かれてしまうと思ったのだ。

じっと見られて空咳をした佐吉は、太兵衛に言う。

「わしも役目ゆえ、言われたことを確かめるのは当然じゃ。おぬしが無実か、宗七に確かめようではないか。共に、役宅に来い」

「冗談じゃありませんよ。役所に入ったら最後、捕らえられるに決まっていますから、お調べは、皆さんがいる前でお願いします」

「いいだろう。おぬしの顔を確かめさせるために、宗七を連れて来ておる」

佐吉は路地の入り口に向き、手を振った。

控えていた下男の藤助が、木戸の柱に隠れていた宗七を促す。

顔を出した宗七が、怯えた様子で歩いてくると、太兵衛は怒った顔で近づこうとするので、佐吉が止めた。

太兵衛が不服そうに、宗七を指差す。

「お前さん、酷いじゃないか。でたらめを並べてわたしを盗賊の頭にでっち上げて、借金を踏み倒すつもりかい」

宗七は何度も首を横に振る。

「おれは、あんたから金を借りたりしていない」

太兵衛は怒気を浮かべて、着物の懐に手を入れる。

刃物を警戒した佐吉が、宗七と太兵衛のあいだに立った。

太兵衛が懐から出したのは、証文だ。

「宗七さん、赤坂の中間部屋に通っていないとは言わせませんよ」

証文には確かに、宗七の名と爪印(つめいん)が残されている。

「あっ」

声をあげた宗七は、太兵衛を指差す。

「どうしてお前がこれを持っているんだ。おれは、お前なんか知らないぞ」

太兵衛はがっくりと肩を落とした。

「ああ、そうやって惚(とぼ)けますか。やっぱり踏み倒す気だったんだね」

「いや、でも……」

「でもくそもあるもんですか。この爪印が証だ。借りる時は仏顔、返す時は鬼の形相とはよく言ったもんだ。わたしも真っ白な善人とは言いませんよ。でもね、借金から逃れるために、わたしを盗賊の頭にしようだなんて、人が悪いにもほどがありますよ」

「嘘じゃない。おれは、あんたが盗みを誘うのをこの目で確かに見た」

「とんだ大嘘つきだ」

怒りに震える太兵衛は、今にも泣きそうな顔で佐吉に訴える。

「お役人様、この借財が何よりの証です。わたしは、賭場でこの人が、元締めから金を返せと殴る蹴るの暴行を受けているのを見かねて、立て替えてあげたんです」

佐吉は宗七を睨んだ。

「証文は本物なのだな」

「確かに借金はあります。でも、金を貸してくれたのはこの人じゃない。もっと若い人です」

必死に訴える宗七に、太兵衛は大きなため息をついた。

「あれは、わたしの番頭です。横にいたじゃありませんか。惚けるのもいいかげんにしてください」

「どうなのだ！」

佐吉に声を大にされて、宗七は縮こまった。

「覚えていません」

これには、聞いていた女房たちから呆れたような声が漏れた。

宗七は慌てて、盗賊のことは嘘じゃないと訴えたが、佐吉は判断に困った。

「宗七、五両も返す当てはあるのか」

佐吉の問いに、宗七は目も合わせなくなった。

太兵衛がまた、大きなため息をつく。

「わたしも鬼じゃありませんから、今すぐ揃えて返せとは言いません。少しずつでいいので、返すと言ってください。そうすれば、安心して帰りますから」

宗七は、こくりとうなずいた。

人に金を借りているにしては、良い態度とは言えない。

こうなると、宗七の言葉を鵜呑(うの)みにはできない。

結局佐吉は、来月返済分を徴収しに来ると言い、逃げも隠れもしない太兵衛を捕らえるわけにはいかず、盗賊の疑いを解くしかなかった。

帰る太兵衛を物陰から見ていた陣八郎は、困惑していた。

「矢倉に瓜二(うりふた)つの別人なのか」

そうこぼしたものの、頭を振る。

「いいや、あのほくろは、間違いなく奴だ」

親の仇に違いないのだが、宗七が言う盗賊には、到底思えなかった。

七

仇を討とうと考えてはならぬ――

父の声で、陣八郎は目をさました。

夢だと気付くのにしばらくかかった。やおら起き上がり、暗い部屋を見回す。先ほどまで、すぐ目の前に正座していたはずの父はどこにもいない。

悲しい出来事を昨日のことのように思う陣八郎は、目頭を押さえ、込み上げる感情を呑み込んだ。

「忘れるのだ」

震える声で自分に言い聞かせて仰向けになっても、目を閉じれば、切腹して果てた父の姿と、あとを追った母の、悲しい死に顔が浮かぶ。

昨日の矢倉は、先日見た時とは人が変わったように思えた。素なのか、それとも演技か。

己の才に酔いしれ、高慢だった藩士時代の矢倉しか知らぬ陣八郎は、昨日のが今の姿であってほしいと思う。そのほうが、橘代が幸せだと信じるからだ。

目が冴(さ)えた陣八郎は早めに床を出て、薄暗い井戸端で顔を洗った。

板場に入り、薪に火を着けて湯を沸かしにかかる。

客の朝餉を作り終えた頃に、美月が来た。味噌汁の味を見ていた陣八郎に、前に手を揃えて頭を下げる。

「おはようございます。昨日は、ありがとうございました」

「おはよう。恵代の具合はどうだ」

「おかげさまで、熱は下がりました」

「それは良かった」

微笑んだ陣八郎に、美月も笑みを浮かべる。

「一人で留守番をさせているのか」

「隣のおまんさんが見てくださっていますから」

「椿長屋の連中は、情に厚いからいいな」

「はい。おまんさんも優しいお姉さんで、いつもお世話になってばかりです」

両親の思い出が残る部屋に住みたいと願う姉妹を、長屋の連中は温かく見守っている。

陣八郎は両親を喪い、家もなくして旅に出るまで、他人から親切にされたことがなかった。

親友と呼べる者はおらず、同年代の者たちと顔を合わせば腹の探り合いばかりで、藩全体が殺伐とした空気に満ちていた。

そんな気風の中で生き抜いた矢倉にしても、上役である家老の機嫌をそこねぬために必死だったのではないか。

旅の空で、料理を仕込んでくれた飯屋のあるじや、江戸に来て久恵と出会い、人の情けの温かみに触れた陣八郎は、恨みに支配されていた己のこころが穏やかになったと思う時があった。

そして今も、不幸な目に遭いながらも、明るくたくましく生きる美月が眩しく見えるのだ。

父の遺言どおり、忘れよう。

夢に出てくれた父を想いながら、陣八郎は美月と二人で、膳を調えにかかった。

大根とイカの煮付けを器に盛りながら、気になっていた夫婦の話を口にする。

「ところで、宗七さんとお勝さんは、あれからどうなったのだ？」

すると美月は、困ったような面持ちをした。

「よく分からないのですが、今朝も宗七さんは、お勝さんに怒鳴られていました」

「江島様の役宅から戻ったのだな」

「あ、はい」

博打の借金が明らかになったのだから、お勝が怒るのも無理はないだろう。

嘘をついて矢倉を貶め、借金をなかったことにしようとしたのなら、宗七はとんでもない性悪だ。

「宗七さんは、どんな人だ。人を騙すような男なのか」

美月は唇を尖らせ、首をかしげる。

「あまり話したことがありませんから、よく分かりません。でも、いつも酔っぱらって、朝帰ってこられます」

「あまり信用しないほうがいいようだな」

佐吉殿がどう裁くか。

口には出さぬが、陣八郎はそう思い、仕事に集中した。

朝餉を終えた客たちが宿を発てば、つかの間の休息が取れる。

茶と大福餅で小腹を満たした陣八郎は、妹の看病で疲れている美月を休ませ、一人で夕餉の材料を仕入れに町へ出た。

菜物屋には、朝に収穫した野菜を持って、近隣の百姓たちが集まってくる。

頭の中に今夜の献立が入っている陣八郎は、選んで菜物屋の者に告げる。そうすれば、あとで届けてくれるのだ。

隣には、つい先日開いたばかりの魚屋がある。陣八郎は、店主の魚政だけでなく、この店をすっかり気に入っている。

江戸前で水揚げされた魚が運ばれ、上物は桶の中で泳ぎながら買い手を待っている。

近くに良い魚屋がなかったのも追い風になった。僅かなあいだに評判となり、近隣の町からも客が集まってくるのだ。

今日も店の前には人だかりができており、陣八郎は順番を待っていた。

何気なく通りに顔を向けた時、矢倉が歩いているのが目に止まった。こちらを見てきたが、やはり、人相が変わってしまっている陣八郎には気付かぬようで、繁盛している魚屋を見る様子で歩いてくる。

佐吉殿に呼び出されたのだろうか。

そう思いながら見ていると、矢倉は歩きながら前を向き、薄笑いを浮かべた。その横顔を見た途端に、陣八郎は頭に血が昇った。橘代との祝言の夜、庭に座らされていた陣八郎に見せた表情そのものだったからだ。

何か悪事をたくらんでいる。

そうとしか思えなくなった陣八郎は、父の遺言が頭から飛び、跡をつけた。

気付かぬ矢倉は、町の裏門から出ると、先日見失った町の方角へ歩いてゆく。

今日こそは、家を確かめる。

陣八郎は念のため、正体を知られぬよう、小店の軒先に吊るしてある編笠(あみがさ)を買い求めて目深(まぶか)に着け、用心してあとに続いた。

すると矢倉は、先日捜し歩いた場所より通りをひとつ赤坂側に行った路地に入っていった。

陣八郎が商家の角から見ていると、矢倉は五軒目の格子戸を開けて入った。

橘代がいると思い、こころがざわつく陣八郎は、笠を前に下げて顔を隠し気味に、板塀に挟まれた狭い路地を進む。

矢倉が入っていった格子戸の前を通り過ぎながら中をうかがうと、仕舞屋の表の戸は閉められ、家の様子を見ることはできない。

裏に回ってみても同じで、板塀が人目を避けた、よくある町家の作りになっている。

住人しか通りそうにない路地にとどまれば、怪しまれる。そこで、橘代がいれば使うであろう裏木戸が見える場所に行こうと考え、表通りに向かって歩いていると、前から男が二人歩いてきた。

着物の裾を端折(はしょ)っている男たちは、脛(すね)に傷がある者のような人相をしている。

編笠を着けた陣八郎がいるのに気付いた二人は、探るような目を向けてきた。

陣八郎は、怪しまれぬよう会釈をして道を空ける。

「ごめんよう」

前の男がそう声をかけ、すれ違ってゆく。

陣八郎は、目を合わさぬよう足下を見た。どこかで人足働きをしているのか、汗の臭いが鼻を突き、二人の足は泥に汚れていた。

振り向けば怪しまれると思い前を向いて歩く陣八郎は、戸を開ける音を聞いていた。頃合いを見て振り向くと、後ろの男が入り、戸を閉めるところだった。

そこは、矢倉が入っている家だ。

椿長屋では、金貸しをしているような口ぶりだったが、藩からくすねた金を元手にしているかもしれぬ。

今の二人は奉公人だろうか。どう見ても、悪党にしか見えない。

あのような輩とは無縁の家に生まれ育った橘代が、どのような思いでいるのだろう。

それと同時に頭に浮かぶのは、宗七が言っていた盗っ人の話だ。

路地から出ようとしていた陣八郎は、宗七を信じるなら、あの二人は盗っ人仲間ではないかという考えに至り、もう一度振り向く。

怪しい輩がいると、佐吉殿に訴えようかとも思ったが、もしも橘代がいれば、盗っ人一味だと思われやしないか。

あれこれ考えているあいだに時が過ぎ、夕餉の仕込みをする刻限になった。

二人の男は入ったきり、出てくる気配はない。

どうすべきか迷った陣八郎は、結局答えを出せぬまま、休楽庵に戻るべくその場を離れた。

途中で魚政に寄り、活きのいいカレイを求めて帰った。

届けられていた食材を使い、美月が早く帰れるよう急いで料理にかかる。

今夜は五組、八人分だ。

カレイは酒と砂糖と、醤油と生姜で煮付け、ねぎは辛子味噌で和える。他にも焼き野菜など、五品で決して豪勢ではないが、客に満足してもらう料理を一品ずつ仕上げていく。

美月が、炊き上がった飯を匙に取って持ってきた。

火加減など、うまく炊けているか毎回心配そうな美月に、口に含んだ陣八郎は、笑顔でうなずく。

「米の粒もしっかりして弾力があり、甘くて良い具合だ」

ほっとした笑みを浮かべる美月に、陣八郎が言う。

「もう次からは、わたしが確かめなくてもいいだろう」

すると、美月は途端に不安そうな顔をする。

「どうした。まだ自信が持てないのか」

「はい」

陣八郎は笑った。

「もう大丈夫だ。お前が炊く飯は旨いぞ。明日からは料理を教えるから、そのつもりでいなさい」

「いいのですか」

「うむ」

嬉しそうに満面の笑みを浮かべた美月は、ぺこりと頭を下げ、洗い物にかかった。

こうして仕事をしているあいだも、陣八郎の頭の片すみには、橘代の顔が浮かんでいた。

夫である矢倉と共に暮らしているであろう家に、人相の悪い連中が出入りしているのが気になって仕方ないのだ。

仕事がひと段落すれば、どうにも居ても立ってもいられなくなり、洗い物をしている美月に声をかける。

「少し外すが、酒の追加が来たら、これを出しなさい」

湯に浸けているちろりを示すと、はいと応じる美月の声を背中で聞きながら、陣八郎は自分の部屋に戻った。

料理を出し終わった今のうちに、もう一度、あの家に橘代がいるのか確かめに行こうか。

心配するいっぽうで、もう己には関わりないのだという、こころの声もする。

迷いながらも、橘代を可愛がり、嫁に望んでいた母の顔が浮かび、陣八郎は、部屋の片すみに置いている行李の蓋を取り、底を漁った。

取り出したのは、紫の落ち着いた色合いの刀袋。

父親が残した大小の刀は、己が侍の身分を捨て、刀を捨てた時、生きるため金に換えたが、この母の形見である懐剣だけは、手放せなかった。

母が父のあとを追う時、喉を突いた懐剣だ。

陣八郎は、袋の口を開けた。黒漆塗りの柄をにぎり、鞘から抜く。

親の無念が宿る刃が、行灯の明かりに悲しい輝きを見せる。

「陣さんいる?」

襖の奥で声をかけた久恵が、いつものように遠慮なく開けた。

慌てて懐剣を隠した陣八郎は、笑顔で応じる。

「いかがされました」

「まだお酒を飲まれているお客さんから夜食を頼まれたのよ。一刻半（約三時間）後に召し上がりたいそうだから、悪いけどお願いね。いつも使ってくださるお客さんだから、断れなくて」

「と申しますと、近江からの？」

「そうそう、蚊帳職人さん。陣さんの雑炊がいいそうよ」

「承知しました」

「お願いね。あとはわたしがやるから、今は休んでて」

明るく言って、久恵は戻っていった。

陣八郎は、背中に隠した懐剣を鞘に納め、袋に入れる。

その時、内廊下を表に向かって歩いていた久恵は、心配そうに振り向いた。陣八郎が懐剣を隠したのが、気になったのだ。

酒を飲んで騒ぐ男客の声が、陣八郎の部屋にも聞こえてきた。

下品な笑い方と、昼間に見た人相の悪い連中の顔が重なってしまった陣八郎は、橘代は今頃、あの連中がいる家でどう過ごしているのだろうかと思う。

考えてしまうとどうにも気になる陣八郎は、夜食の前に戻るつもりで、懐剣をお守り代わりに持って出かけた。

家に続く路地のところまで来たのはいいが、迷いが生じる。

人妻ではないか。

仇討ちをせぬと決めたのだから、橘代のことも忘れるべきではないのか。

通りで立ちすくみ、暗い路地に入るか迷っていた。

裏木戸が開く音がしたのは、そんな時だ。

陣八郎は商家の軒先から移動し、反対側の、月明かりが届かぬ暗がりに潜んだ。

ちょうちんも持たず路地から出てきた二人は、昼間に見た人相の悪い男たちだ。

二人は肩を並べて、通りを去ってゆく。

ただ遊びに来ていただけなのだろうかと思っていると、少し遅れて、矢倉が出てきた。

夜に目立たぬ色合いの着物を着け、しきりにあたりに目を配っている。

盗みに行く気ではあるまいか。

陣八郎は気になり、矢倉のあとを追った。

その頃、夜食の下ごしらえの件で板場を外していた美月が戻ってきて、首をかしげながら、洗い物をしている久恵のそばにきた。

「女将さん、親方がどこにもいらっしゃいません」

「部屋にいるはずだけど」

「それが、明かりが消えていて、お姿がないんです」

久恵は洗い物の手を止めた。懐剣を隠した時の、陣八郎の慌てた顔が目に浮かんだからだ。

佐吉から、気を付けるよう言われていただけに焦りが生じた久恵は、美月と旅籠中を確かめ、いないと分かると、陣八郎の部屋に入った。

美月に手燭（てしょく）を持たせておき、たったひとつの持ち物である行李の前に座った久恵は、思い切って蓋を取り、中を探った。

「懐剣がないわ」

不安に駆られた久恵は、美月を残して、佐吉の役宅へ走った。

「黙って出ていったようなのですが、刃物を持って、いったいどこに行ったのでしょう」

動揺の色を浮かべる久恵から懐剣の話を聞いた佐吉は、すぐに動いた。

「女将は、旅籠に戻っていろ」

「わたしも捜します」

「だめだ。懐剣を持っているからには、危ない話に決まっている」

「まさか……」

言いかけて、久恵はかぶりを振る。

「陣さんが、盗賊の話を聞いて様子が変だったとおっしゃいますが、悪事に関わるはずないんです」

「わしもそう思う。殿が憂えておられるのは、疑うておられるからではない。別の何かを感じられているのだ。殿の命で陣八郎殿を探っていた鈴蔵ならば、行きそうなところに心当たりがあるはずだから、すぐに見つかるだろう。わしは急ぎ殿にお知らせするから、安心して待っていろ。いいな」

「分かりました。どうか、陣さんをお願いします」

大丈夫だと応じた佐吉は、赤坂に走った。

八

矢倉が一人で向かったのは、渋谷村だ。

久恵が心配し、信平に伝わったとは思いもしない陣八郎は、月明かりの下、田圃(たんぼ)のほとりの細い道を歩く矢倉の影を、付かず離れず、気付かれぬよう用心して付いて行く。

やがて矢倉は、一軒の家の近くまで行くと、こんもりとした黒い影を浮かせている雑木林に入った。

陣八郎は雑木林に入らず、耳をすませると、林の中を歩いている音がする。

こちらの足音を矢倉に聞かれぬよう、歩調を合わせてあとを追って入ると、足音が止まった。

草に隠れて見ると、矢倉は木陰に身を潜め、じっと外をうかがいはじめた。その先には、藁葺(わらぶ)き屋根の形をした家が、月明かりの中に黒い影を横たえている。

半刻ものあいだ、矢倉は微動だにしない。

やがて夜が更け、林のどこかから梟(ふくろう)の声が聞こえてきた。

渋谷で怪しい動きをする矢倉を見て、陣八郎は確信した。宗七は、嘘などついていなかったのだ。

奴は、盗っ人だ。

そう決めつけた陣八郎は、怒りが込み上げた。橘代が不幸だと思ったからだ。

家から外に漏れていた灯明(とうみよう)の明かりが、ふっと消えた。

だが、矢倉はじっとしている。

家主が深い眠りに入るのを待つ気だ。

半刻(約三十分)が過ぎようかという頃、三人の人影が家に走り、押し込んだ。

中で悲鳴がしても、矢倉はまだ動こうとしない。

程なく家が静かになり、盗みを終えた三人が出てきた。

それを見た矢倉が、こっちだ、と声をかけて道に出た。

三人が駆け寄ると、矢倉は身を潜めていた場所に連れて戻り、盗んだ物を出させた。

金を確かめた矢倉は、三人に言う。

「言ったとおり、貯(た)め込んでいただろう。警固(けいご)の役人はどうした」

一人が答える。

「教えてもらったとおり、一人しかいませんでしたから、頭を棒でぶん殴って気絶させ、縛っています」

「金貸しと妾は、殺したのか」

「いえ、二人とも仲良く抱き合わせて、縄で縛ったままです」

「顔を見られていないだろうな」

「へい。このとおり隠していますから」

三人は布で顔を覆っている。

満足した矢倉は、その場で分け前を渡して労（ねぎら）い、こう続ける。

「喉が渇いただろう。酒を用意しているから、飲んで行け」

切り株の上に置いてある徳利（とっくり）を示すと、三人は喜んだ。

「ありがてえ」

男たちが切り株に近づくと、前の二人が突然消えた。枝で隠されていた穴に落ちたのだ。

残った一人が、矢倉に振り向く。

「てめえ、どういう気だ」

矢倉は答えない。

この時陣八郎は、茂みを動く者に気付いて身を伏せた。

その者たち二人は、逃げようとした一人に迫り、一太刀で斬殺してしまった。

骸を穴に蹴落とし、先に落ちていた者を槍(やり)で突き殺すのを見た陣八郎は、絶句して、足がすくんだ。

矢倉に指示された二人は、枯れ木で隠していた盛り土で穴を埋めてしまい、ばれないよう、同じ枯れ木で隠した。

目の前にいる矢倉こそが、今江戸を騒がせている押し込み強盗の元締めだと確信した陣八郎は、怒りに震えた。

やはり、奴は生かしてはおけぬ。

父の無念を晴らすと決心した陣八郎は、雑木林から去る矢倉の跡をつけながら、懐に手を入れる。懐剣をにぎり、矢倉が一人になるのを待った。

矢倉は町に戻ると、三辻で仲間と別れた。

盗んだ金を手に、橘代が待つ家に帰るつもりらしい。

汚い金で、橘代に飯を食わせる矢倉を恨みに思う陣八郎は、家に続く路地に入ろうとするのを走って追い越し、対峙(たいじ)して睨んだ。

矢倉は驚いた様子もなく、肝が据わった目を合わせる。

「誰だ貴様」

「中矢陣八郎だ。忘れたとは言わせぬ」

矢倉は驚いたようだが、すぐに、鼻も引っかけぬ様子で告げる。

「ふん。ずいぶん変わったな。言われなくては分からぬほど、悪い顔だ。まあ仕方ないか、罪人の息子だからのう」

「黙れ。父を貶めたのはお前ではないか」

「言いがかりはよせ」

「貴様は、時が過ぎても性根が腐っておる。何もかも見たぞ。その懐にある物を手に入れるのをだ」

矢倉は顔色ひとつ変えぬ。

「それで？　何がしたいのだ。役人に突き出すか。それとも、ふふ、間抜けな親の仇でも取る気か。ああ、そうそう、もうひとつ、わしに橘代を奪われた恨みもあるか」

陣八郎は悔しさに、拳に力を込める。

「橘代殿は、貴様が盗っ人だと知っているのか」

矢倉は薄ら笑いを浮かべた。

「まだ好いておるようだな。あの女は、おぬしから奪うために夫婦になっただけで、別になんとも思うておらなんだ。たいして良い身体でもなかったから、すぐに飽きたぞ」

陣八郎は目を見張った。

「貴様、橘代をどうしたのだ」

「主家が改易になった年に、邪魔なだけゆえ捨てた。今は、どこで何をしておるかまったく知らぬわ」

笑いながら、信じられぬ言葉を吐く。

怒りに震えた陣八郎は、父の遺言を忘れ、母の形見を抜いた。

「おのれ！」

怒鳴って懐剣を振り上げ、斬りかかろうとした陣八郎の目の前に、別れたはずの仲間が現れた。

陣八郎が矢倉の跡をつけるのを見て、引き返していたのだ。

仲間が矢倉に問う。

「こ奴は何者ですか」

「昔因縁があった者だ」

「斬ってよろしいので？」

「やれ」

「邪魔をするな！」

叫んで懐剣を振り下ろした陣八郎だったが、仲間の一人が抜いた刀で弾かれた。

手から離れた懐剣が、商家の壁に当たって落ちる。

もう一人が迫り、刀を一閃した。

引いて避けようとした陣八郎だったが、長年剣術から遠ざかっていたせいでかわせず、横腹を斬られた。

呻いて下がり、商家の壁にぶつかった陣八郎を、二人が追い詰める。

刀を向ける二人の仲間の後ろで、矢倉がほくそ笑む。

「間抜けは、親譲りよのう。あの世に行って、親子三人で悔しがるがいい」

矢倉の顔に、殺気が浮かぶ。

「殺せ」

低く通る声に応じた仲間が、刀を振り上げる。

死を覚悟する陣八郎だったが、

「人殺しだ！」

通りに大声が響いた。

ちょうちんを持った町の男が、ふたたび叫ぶ。

「誰か！　役人を呼んでくれ！　人が殺されるぞ！」

舌打ちをした仲間が、顔を隠すため月明かりが届かぬ暗がりに下がる。

この隙に陣八郎は逃げた。

真っ暗な路地を手探りで行くも、脇腹の激痛で思うように走れない。

傷を手で押さえてみれば、ぬるりとした血の感触がある。

振り向けば、人目を避けた矢倉たちが、陣八郎を追って路地に入るのが見えた。

陣八郎は歯を食いしばって走り、手に当たった水桶を路地にぶちまけて塞ぐ。

それを蹴とばす音が背後でし、

「逃げられぬぞ」

「観念しろ」

悪の言葉が耳に入ったが、陣八郎は走った。

佐吉に知らせるべく戻ろうとしていたのだが、路地を抜け、鷹司町へ続く通りを走っていた時、追い付かれてしまった。

追ってきた町人の男が、陣八郎を助けようと、果敢にも人を呼ぶ大声をあげてくれたのだが、賊の一人が刀を振り上げて迫ると、さすがに命の危険を感じ、悲鳴をあげて逃げた。

もう一人が、陣八郎に迫る。

「おう!」

気合をかけて振るわれた刀で腕を傷つけられた陣八郎は、下がろうとして足がもつれてしまい、仰向けに倒れた。その眼前に切っ先を向けた男が、殺気に満ちた目を向ける。

無念。

陣八郎は、刀を振り上げる男に恨みの目を向ける。

髭面の男が斬り下ろそうとしたその時、空を切った小柄が腕に突き刺さった。

呻いた男が下がり、右腕に刺さった小柄を抜き、飛んできたほうを向く。

陣八郎も見て、目を見張った。

「殿様……」

月夜に白が映える狩衣が、陣八郎の目には神々しくも見えた。

町人の男が助けを呼ぶ声に応じて駆け付けた信平は、鈴蔵の案内で、陣八郎を捜し歩いていたのだ。

その信平に、髭面の男が斬りかかった。

対峙した信平は、一刀をかわしざまに、狐丸を一閃する。

切断された手首が落ちたのを呆然と見た髭面の男が、あとから襲った激痛に悲鳴をあげて倒れ、地面を転げ回って苦しむ。

もう一人の男は、信平の凄まじい剣にひるまず怒気を浮かべ、気合をかけて斬りかかる。

「てやあ!」

袈裟斬りに打ち下ろしたものの、信平が目の前から消えた。

狩衣の袖が舞う。

空振りした男が、背後に回る信平に振り向いて刀を振り上げたが、そこでようやく背中を斬られているのに気付き、激痛に呻いて倒れた。

信平は、無様に悲鳴をあげる男どもを見もせず、矢倉に厳しい目を向ける。

得物を持たぬ矢倉は、油断なく下がり、走り去った。

逃げる矢倉を鈴蔵が追うのを見た信平は、傷を負った陣八郎に歩み寄る。

「どこを斬られた」

「腹と、腕を……。この者たちは、盗賊の一味です」

傷を診た信平は、あとから来た佐吉に、賊を捕らえさせた。

陣八郎が言う。

「殿様、おかげさまで命拾いしました」

「今はしゃべらぬほうがよい」

信平は、賊どもを近くの辻番に引き渡すよう佐吉に命じ、陣八郎を連れて赤坂の屋敷へ戻った。

九

幸い陣八郎の傷は急所を外れており、お初の手当てのみで命には障らなかった。

それでも動かないほうがいいと告げたお初は、薬湯を作ると言って台所に下がった。

八畳間に敷かれた布団でうつ伏せに寝ている陣八郎は、信平の屋敷が、想像に反して質素だと思いながら、無地の襖を見つめている。

その襖が開き、信平が入ってきた。

起きようとした陣八郎を、信平は手で制す。

「そのままでよい」

そばに来て正座する信平に、陣八郎は恐縮する。

「まことに、ご迷惑をおかけしました。殿様が駆け付けてくださらなければ、今頃は……」

生きてはいないという言葉にならぬ陣八郎に、信平が告げる。

「礼は、久恵と美月に申すがよい。そなたが懐剣を持って出かけたのを心配して、佐吉に知らせたのだ」

「そうでしたか」

陣八郎は、大恩がある久恵と、懸命に働く美月にいらぬ心配をかけたと、今になって後悔した。

辛そうな陣八郎に、信平が問う。

「たまたま賊と出くわしたわけではあるまい。先日休楽庵で、顎にほくろがある男の話をした時から、麿はそなたの様子が気になっていたのじゃ。何か、深い因縁があるのか」

陣八郎は、感無量になった。

「わたしのような者を、お気に留めていただいたのですか」

「何ゆえ、一人で立ち向かった」

一介の料理人にすぎぬ者を親身になって案じる信平の人となりに触れた陣八郎は、目頭が熱くなり、矢倉兼勝は親の仇だと、これまでの苦しみをすべて打ち明けたうえで、こう続けた。

「今日まで、父の遺言を守って仇を討ちませんでしたが、矢倉が今江戸を騒がせている盗賊一味の元凶だと分かり、我慢ならなかったのです」

「そなたに、そのように辛い過去があったのか」

陣八郎の境遇に胸を痛めた信平は、額に浮いている汗を拭ってやった。

「矢倉兼勝なる者は必ず捕らえるゆえ、今は考えず、ゆっくり養生をいたせ」

「かたじけのう、ございます」

陣八郎は顔を下に向けて腕に隠し、むせび泣いた。

鈴蔵が戻ったのは、陣八郎が落ち着きを取り戻してからだ。

廊下で片膝をついた鈴蔵が、陣八郎を一瞥し、信平に告げる。

「逃げた男は賊の頭目ではございませぬ。指図をする者がおりますが、言葉遣いから、武家の主従のように思えました」

陣八郎が口を開いた。

「その者は、大きな目と鼻が特徴の、浅黒い肌をしておりませぬか」

鈴蔵がうなずく。

「いかにも、そのような容姿にござる」

「覚えがあるのか」

信平に問われて、陣八郎は痛みに耐えて座り、必死の面持ちで告げる。

「元上役の、石黒穂積に違いありませぬ」

先ほど、石黒と矢倉の陰謀で父親を喪ったと聞いていた信平は、立ち上がった。

「では麿が、凶悪な賊を退治いたそう。鈴蔵、案内いたせ」

「はは」

「わたしも……」

立とうとした陣八郎は、腹の痛みに呻いた。

「無理をすれば傷に障る。ここは、麿にまかせよ」

動いてはならぬと念を押した信平は、狐丸を手に屋敷を出た。


「急げ！」

隠れ家にいた石黒と矢倉は、盗み貯めた金を家具に隠させ、引っ越しの荷を運ぶと見せかけて江戸を去ろうとしていた。

手下を急かせていた矢倉が、座して見守る五十代の男、石黒に向く。

「御家老、一万両は優に超えてございます」

石黒が渋い顔でうなずく。

「まさか中矢の倅が現れようとは、世の中、広いようで狭い。江戸ではもう少し稼ぎたかったが、まあ、それだけあればよかろう。次は上方へ行き、大坂商人からたんまり奪ってやろうではないか」

「これだけ儲かるとは、思うてもおりませなんだ。藩の金を横領していた頃よりも、よほど楽ですな」

石黒はほくそ笑む。

「まったくそのとおりよのう。旨い仕事じゃ。中矢の倅を助けた者が町方に届けておれば厄介じゃ。荷造りはまだか」

「今、終わりました」

手下が答え、小判を隠した長持を仕舞屋から運び出そうとした時、裏庭に白い狩衣を着けた信平が現れた。

矢倉が怒気を吐き、刀をつかむ。

「おのれ、跡をつけておったか」

刀と槍を持った手下ども五人が、信平を囲む。

切っ先と穂先を向けられても、信平は平然と顔色を変えぬ。

「中矢陣八郎から、そのほうらの悪事をすべて聞いた。苦しめられた者たちのためにも、容赦はせぬ」

「ふん、一人で来るとは豪儀なことじゃが、その気概が命取りよ。者ども、生きてここから出すな」

石黒に応じた手下どもが、間合いを詰める。

背後にいた長身の手下が、気合をかけて槍を突く。だが、信平は見もせず右に転じてかわし、それを隙と見て斬りかかった別の手下に対し、狩衣の袖を振るう。

手首を斬られた手下が、はっとした顔を向ける。

信平の左手から、隠し刀が出ていたからだ。

「おのれ!」

槍を頭上で回転させた長身の手下が、気合をかけて打ち下ろす。

太い槍の柄がしなるほどの攻撃だったが、信平が横にかわしざまに狐丸を抜き、刃光を煌めかせて振り下ろす。

槍を切断された長身の男が、慌てて刀を抜こうとしたが、首にぴたりと狐丸を止められ、息を呑む。

止まった信平に対し、二人の手下が左右から斬りかかった。

長身男の肩を引き斬った信平は、身を転じて攻撃をかわし、狩衣の袖が舞う。

右から斬りかかっていた手下は空振りしたと同時に背中を斬られ、その胸に、左から突きかかっていた仲間の刀が刺さった。

あっと声をあげた男は、刀を抜き、信平に斬りかかる。

だが、刀を振り上げた間合に飛び込んだ信平に胴を一閃され、呻いて倒れた。

右から迫る殺気に応じた信平が身を引く。

五人目の手下が斬り下ろした刀を鼻先にかわした信平は、狐丸を右手で振るって膝の後ろを斬った。

背中から地面に落ちた五人目の手下が、激痛に呻いて転げ回る。

瞬く間に五人を倒した信平の凄まじさに圧倒された石黒は、矢倉を前に押し、背後の襖を開けて逃げにかかる。

だが、そうはいかぬ。

襖を開けた先に潜んでいた鈴蔵に小太刀で額を峰打ちされ、石黒は白目をむいて崩れ伏した。

廊下に出た矢倉は信平を睨み、刀の切っ先を向ける。

「貴様、何者だ」

「悪党に、名乗る義理はない」

「ふん、まあいい」

剣技に自信があるのか、矢倉は一歩も引かぬ。

信平がいる庭に飛び下りたかと思うと前転し、足を狙って刀を一閃した。

鞍馬山（くらまやま）で鍛えた脚力をもって、怪鳥のごとく跳躍してかわす信平。

見上げた矢倉が、柄を転じて斬り上げる。

信平の足を傷つけたかに思われたが、空を切る。

宙返りをして、右足のみで下り立った信平は、地を蹴り矢倉に飛ぶ。

その俊敏さに慌てた矢倉が刀を振り上げた時には、信平は狐丸を一閃していた。

矢倉は、峰打ちされた胸を押さえ、口から血を吐いた。

「おのれ……」

しぶとく刀を構えようとしたが、気を失って突っ伏す。

矢倉を見下ろした信平は、狐丸を鞘に納めた。

十

五味が意気揚々と赤坂の屋敷を訪れたのは、八日後の朝だ。

「いやあ、やっと落着しました。これも信平殿のおかげ。これは、御奉行からです」

桐(きり)の箱を差し出した五味は、蓋を開けた。

善衛門が覗き込み、五味を見る。

「饅頭(まんじゅう)か」

「ただの饅頭ではありませんぞ」

善衛門は眉間に皺を寄せる。

「まさか、どこぞの悪徳商人のような真似をしておるまいな」

饅頭をひとつ取り、箱の中を見た善衛門が、五味に仏頂面を上げる。

「底に何も入っておらぬぞ」

五味は顎を突き出す。

「ご隠居、何を期待されておるのです？　この饅頭は近頃大人気で、御奉行に代わって一刻（約二時間）も並んでやっと手にした代物ですよ。ほんのお礼の気持ち。どうぞ召し上がれ」

「なんじゃ、つまらぬ」

小判を期待していた様子の善衛門が饅頭を食べ、目を見張る。

「旨いではないか」

笑った信平は、改めて五味に問う。

「石黒と矢倉の件でまいったのか」

「そうです」

「では、陣八郎にも聞かせてやろう」

信平は、帰さず養生をさせていた。

五味と善衛門を連れて部屋に行くと、傷が塞がったおかげで、休楽庵に帰る支度をしていた陣八郎が居住まいを正し、頭を下げる。

座した信平は、五味を促す。

応じた五味が、石黒と矢倉の話をはじめた。

それによると、矢倉は一言も口を割ろうとしなかった。だが、陣八郎の証言と、信平に抵抗した事実を覆すことなどできるはずもなく、さらに、信平の身分を知った石黒は観念し、すべて吐露したという。

　そこまで話した五味は、珍しく厳しい顔で続ける。

「石黒と矢倉は、とんでもない悪党です。信平殿、先日、大川に身投げをする者や、行方が分からなくなる者が増えたと話しましたが、あれはすべて、石黒と矢倉の仕業でした。陣八郎殿が雑木林で見たように、賭場で借金を作った者を巧みに引き込んで強盗をさせたうえ、ことごとく、口封じに命を奪っていたのです」

「なんじゃと」

　声を張ったのは善衛門だ。

「それは間違いないのか」

「はい。大川で上がった者以外は、すべて、陣八郎殿が見たのと同じように、殺して埋められていました。賊を見た者に人相書きを作らせても、見つからなかったはずですよ」

　善衛門が口をむにむにとやる。

「感心する奴があるか」

「まだあります。椿長屋で佐吉殿に見せた借金の証文は、賭場で宗七を助けた金貸しから買い取っていました。宗七に顔を見られたから、話を作ったそうです」

信平は、憂いを口にする。

「証文の件はともかく、盗みを働かせた石黒と矢倉の手口は、口外せぬほうがよい。なかなか尻尾をつかめなかったのなら、真似をする者が出る気がしてならぬ」

五味は立ち上がった。

「確かに、おっしゃるとおり。急がないと」

「慌てていかがした」

「文秋に賊について話を聞きたいと頼まれた同輩が、今夜会う約束をしたのです。すぐに止めます」

お初の味噌汁も飲まず奉行所に帰ろうとした五味に、信平が問う。

「石黒と矢倉は、どのような罰になるのだ」

五味は、陣八郎をちらと見て、信平に答える。

「二人とも、打ち首は確実です。では」

帰る五味を見送った信平は、むせび泣く陣八郎に向いて問う。

「そなたの両親の命日は、いつじゃ」

「先月の、五日でした」

「過ぎていたか。では、来月の月命日に、墓前で報告をせぬか」

陣八郎は涙を拭い、目を下に向ける。

「そうしたいのはやまやまですが、仕事もありますから……」

「久恵は、暇をくれておるぞ」

陣八郎は驚いた。

信平が微笑み、善衛門を促す。

応じた善衛門が一度座を外し、手箱を持って戻ると、蓋を開けて陣八郎に差し出した。

「この中に、通行手形と、殿の使者として旅をする証の書状が入っておる」

「馬に乗ってゆくがよい」

信平に言われた陣八郎は、気遣いに涙を流し、頭を下げた。

その日のうちに江戸を発った陣八郎は、半月あまりかけて北へ旅をし、懐かしい故郷に入った。そして、今は新しい領主の支配下にある町の旅籠で、草鞋(わらじ)を脱いだ。どの関所を通る時も、鷹司松平信平の使いを示す手形を見せるだけで、すんなりとゆく。

改めて、信平に対する将軍家の絶大な信頼を知った陣八郎は、敬意と、感謝の意ばかりであった。

ふたたび故郷の土を踏むことはないだろうと思っていた陣八郎は、月命日を待つことなく、翌日には、菩提寺に向かった。石段を登って振り向き、右に左に曲がり、静かに流れる川と、肥沃な田園が広がる懐かしい景色に目を細める。

竹藪の中の道を抜けると、白檀の香りがしてきた。両親が眠る墓前に立った陣八郎は、隣にある橘代の実家の墓と同じ白菊の花が供えてあるのに気付いて、あたりを見回した。

人気はなく、聞こえるのは竹が風に揺れる音と、名も知らぬ小鳥のさえずりだ。

白檀の煙がくゆり、線香は半分ほど減っている。

その線香のそばに己が火を着けたのを供えた陣八郎は、明日の月命日のために、住職が早めに供養してくれたのだろうと思いつつ、手を合わせて瞑目し、仇が江戸でどうなったか報告した。

「父上、母上、どうか安らかに、成仏してくだされ」

言葉にした時、竹藪の中で子供がぐずる声がした。

立ち上がってそちらを見た陣八郎は、子を抱いた女の人影を遠くに見つけ、はっとした。

忘れもしない横顔と後ろ姿に、橘代、と声を張ろうとして、飲み込んだ。

墓地を走り、あとを追った陣八郎は、二歳か三歳ほどの子を抱き、石段を下りてゆくのが橘代だと、はっきり分かった。

身なりも良く、どこぞの家に嫁いでいるのは明らかだ。すると、階段の下で待っていた武家の男が、下りてきた橘代に優しく微笑み、子を抱いて去っていった。

後ろを歩く橘代が足を止めて振り向いたが、陣八郎は銀杏の大木に身を隠した。

息災に暮らしている姿を見られただけで、胸がいっぱいになった。安堵して涙を拭った陣八郎は、その日の空と同じく、一点の曇りもない晴れ晴れとした顔をして、己の居場所である、鷹司町への帰途につくのであった。

第三話　恋い焦がれ

一

穏やかに流れる鴨川(かもがわ)のせせらぎと、自生する彼岸花の赤が色鮮やかに染める土手の景色が、朝の散歩をする者たちの目を楽しませている。

夫婦話をしながら川岸を歩いていた隠居風の男が、水の中に光る物を見つけて足を止め、水面から出ている石を踏んで覗き込む。

「お前様、気をつけて」

足を滑らせて落ちないよう注意する女房に、大丈夫だと応じた男は、光る物の正体を知って眉間に皺を寄せ、袖まくりをして流れに手を入れると、それを持ち上げた。

鞘から半身が抜けている刀だ。

女房が不思議そうな顔をして亭主を見る。

「どうして、こんなところに」

男はあたりを見回した。腰までの高さはあろう草むらに、刀の持ち主が倒れているのではないかと思ったに違いなく、不安の色を浮かべている。

だが、周囲を歩いてみても誰もいない。

改めて刀を見た男は、黒漆に金をちりばめられた鞘のこしらえに覚えがあり、土手の上を見上げる。

「これはひょっとして、五徳寺（ごとくじ）の和尚様が供養されていた平家（へいけ）ゆかりの宝刀ではないだろうか」

女房が驚いた。

「そのようなお宝が川に捨てられているはずないでしょう」

「いいや、この鞘に覚えがある。先日、年に一度の本尊御開帳の日に参詣した時、宝物の中にあったのを覚えていないかい？」

女房は刀に興味がなかったらしく、首をかしげた。

「まあいい、とにかく、和尚様に届けに行こう」

男は女房の手を引いて土手を上がり、五徳寺の山門を潜った。すると、寺は騒がしかった。弟子の僧たちを本堂の前に集めた和尚が、階(きざはし)から大声で何かを告げている。

刀、という声が聞こえた男は、女房にやっぱりそうだと告げて足を速め、最後尾にいる僧に声をかける。

「あのう、ひょっとして、これをお探しですか」

振り向いた弟子たちが一斉に駆け寄り、年長の僧が刀を受け取って、見開いた目を檀家(だんか)の男に向けた。

「これをどこで見つけられましたか」

「そこの鴨川に落ちていました」

「これだけですか」

「はい?」

「他にはありませんでしたか」

「ええ、見ていません」

すると年長の僧は、落胆の色を浮かべる。

住職が弟子を分けて前に出てくると、年長の僧が刀を渡した。

「これしかなかったそうです」

住職は唇を嚙み、痛恨の念に満ちた面持ちをする。

檀家の男が問う。

「和尚様、これは先日お見せいただいたお宝ではないのですか」

「やられました」

「え？」

「刀を狙う盗っ人がおるから、用心するようにとお役人に言われて、まったく同じ形の偽物を造っていたのですが、朝になって二本とも消えていたのです」

男は驚き、僧が持っている刀を見る。

「では、これは……」

「偽物です。本物と誤魔化すため宝物蔵に入れていたのです」

男はまた驚いた。

「本物は、どこに置いていたのです？」

「御仏にお守りいただこうと須弥壇（しゅみだん）に隠していたのですが、御上から用心するようお達しを受けて、先日から、鍵をかけられる宝物蔵に戻していました」

ああ、と、後悔と落胆の息を吐いた和尚は、平家ゆかりの寺だけに、伝来の宝刀をなくした衝撃に耐えられず、皆の前で倒れ、そのまま寝込んでしまった。

二

爽やかな秋晴れが広がった朝、信平の息子信政は、学問の師、南条持久の供をして、北野天満宮に参拝していた。

文武両道の神として、時の支配者から崇拝されてきた菅原道真を祀る社だけに、日頃から参拝客が多い。ましてこの時季は、桃山時代に豊臣秀吉が洛中洛外の境界と水防のために、境内の西側に築いた土塁のあたりに植えられたもみじが色づきはじめ、それを目当てに訪れる者たちでにぎわっている。

信政が気になるのは紅葉ではなく、北野天満宮に所蔵される宝刀だ。

ここに来る道すがら、大名家から数多くの宝刀が奉納されているのだと持久から教えられた信政は、どこに納められているのだろう、見てみたい、と思いはするものの口には出さず、本殿で手を合わせた。

信政が目を開けて振り返ると、先に終えて待っていた持久が微笑む。

「何をお願いしたのだ」

「学力向上と、父母と家中の者たちの健康成就、あと、先生と奥方様のご健勝を願いました」

持久が目を細める。

「霧子が聞けば喜ぼうな。また、頬ずりをされるぞ」

「それは、恥ずかしいです」

持久が愉快そうに笑った。

「良き良き。では、名物の長五郎餅をいただきに行くといたそう」

「霧子様もまいられれば、喜ばれたでしょうね」

「今日は外せぬ用があるのじゃ。まあ、土産に持って帰るから良いであろう」

「餅は、豊臣秀吉公も気に入っていたと、霧子様に聞きました」

「そんなことまで言うておったか。そのような伝説はあるが、霧子の好物のひとつでもある」

「そうでしたか。どうりでお詳しい」

笑う持久に付いて行った信政は、境内の一画にある店に入った。

建物は古いが、中は綺麗にされており、壁の漆喰は赤く、柱の黒が相まって趣がある。

持久は馴染みらしく、出迎えた女将らしき四十代の女と親しそうに言葉をかわし、人目に付かない座敷に案内された。

境内の木々を借景にした庭は、石灯籠や東屋(あずまや)が置かれ、美しく造園されている。

座敷から庭を眺めていた持久は、ふと、思い出したような顔を信政に向けた。

「そういえば、母上に手紙を送ったのか」

信政は苦笑いを浮かべる。

「今、書いている途中です」

持久は疑念の目をする。

「送る気がないようだな」

「いえ、そのうちに……」

「ここまで筆不精とは思わなんだぞ」

「正直に申しますと、何をどう書けば良いか分からないのです」

「なんでも良いのだ。心配をかけまいとせずに、思うまま筆を走らせてみよ」

「では、そういたします。せっかく連れて来ていただきましたから、今日のことを書きましょう」

「うむ。それが良い」

運ばれた餅をひとつ手に取った信政は、持久が食べるのを待って口に運んだ。餡(あん)の程よい甘さと餅の弾力が相まって、香りもいい。

「旨い」

「気に入ったなら良かった」

持久にうなずいた信政は、二つぺろりと平らげ、抹茶をいただいた。

小腹を満たし、霧子への土産を求めて店を出たところで、信政は前から歩いてきた男に目を止め、明るい顔をする。

酒の蔵元、笹屋千左衛門だったからだ。

千左衛門もすぐに気付き、おや、と声をあげ、にこやかに歩み寄ってきた。

「若君、またお会いしましたな」

そう声をかけ、持久に対して丁寧にお辞儀をする。

信政が酒蔵のあるじだと紹介し、鞍馬の麓に店があるから、顔見知りなのだと教えると、納得した持久は、千左衛門への警戒を解くだけでなく、嬉しそうに声をかけた。

「笹屋の豊月は、わたしの好物のひとつですぞ。旨い酒だ」

千左衛門は腰を折った。

「おおきに、今日は、月に一度の酒を奉納する日でございまして、まさに、豊月をお納めしてきたばかりでございます」

「おお、それは良いな。ご利益があろう」

「おそれいります」

にこやかに応じる千左衛門は、思い立ったような面持ちで手をぽんと打つ。

「そうや、ここでお目にかかれたのも、天神様のお導き。南条様、笹屋の酒を贔屓にしていただいているお礼に、蔵をお見せしたいのですが」

歓待したいと言われて、持久はやんわりと断った。

千左衛門は、信政に向く。

「では、若君だけでもどうですやろ」

信政が返事をする前に、持久が口を挟む。

「今は学問が忙しいゆえ、またの機会に。では信政、帰ろう」

どうして固辞するのか読めない信政は、残念そうにしている千左衛門に頭を下げた。

千左衛門がにこやかに応じる。

「ではまた、声をかけさせていただきます。あそうそう、そういえば、近頃京で、名のある刀剣やお宝を狙う盗っ人が出ているのをご存じですか」

帰ろうとしていた持久が、訝しげな顔を向ける。

「いや、知らぬ」

「わたしも存じません」

信政が持久に続いて答えると、千左衛門が表情に憂いを浮かべる。

「寺社の宝物ばかりを狙うておりますからな。ですが、お公家様も古より伝来の宝刀をお持ちでしょうから、くれぐれも、ご用心なさってください」

信政は、持久に問う。

「先生、こちらの北野天満宮に所蔵されている名刀は、大丈夫でしょうか」

「宝物殿は、厳重に守られているとは思うが、油断は禁物だな」

持久が心配そうに答えると、千左衛門が口を挟んだ。

「まさにそのとおりで、つい先日、手前がお世話になっている津山藩森家が奉納した名刀が、狙われているという噂がございます」

持久は眉間に皺を寄せ、険しい顔で口を開く。

「言われてみれば確かに、宝物殿の周囲に武家の姿が多かったような」

「さよう。森家の方々と、天神様を御信仰される加賀前田家のご家来衆が、過去に奉納した刀剣が納めてある蔵の警固に当たられているそうです」

「なるほど、どうりで……」

持久は、深刻な面持ちで聞き入っている信政を気にした。父信平と同じで正義感が強いだけに、危ない話に首をつっこみかねぬ。

これ以上聞かせまいと、持久は早々に話を切り上げ、信政を千左衛門から遠ざけて家路についた。

帰る道々に、持久は釘(くぎ)を刺す。

「信政、賊が気になるのか」

探り、案じるような眼差しを受けた信政は、正直に打ち明ける。

「母の文に、江戸で大勢の人たちを苦しめていた押し込み強盗を父上が捕らえたと書かれていました」

「ほう、初耳じゃ」

「すみません。落着していたものですから、先生のお耳に入れるほどではないかと思うておりました」

「父親の自慢になると、思うてか」

「いや、そういうわけでは……」

図星を指されて、信政は濁した。

「江戸の押し込み強盗の噂が上方に広まれば、真似をする輩が出る恐れがある。父はそう憂えてらっしゃると、母がそう書かれておりました」

持久はうなずく。

「お宝を持つ者は、心配だろうな」

「急ぎましょう」

足を速める信政に、持久が置いていかれて声をかける。

「何を慌てる」

信政は振り向いて告げる。

「南条家の家宝も狙われているかもしれませぬから、御家中の方々にお知らせします」

持久は笑った。

「心配してくれるのは嬉しいが、当家には、人様に自慢できるようなお宝はない。寺社ばかりを狙う盗っ人は、京は昔から絶えぬゆえ、此度も案ずることはない。ように家宝を食い潰している貧乏公家を狙う者はおるまい」

学問にしか興味がない持久は、確かに書物を持っている姿しか見ていない。

信政は、ほんとうにないのですかと問い返した。

声を一層高くして笑う持久は、ない、と言い切り、呑気な様子で道をゆく。

あとに続いた信政は、それならば安心だと声に出そうとして、無礼だと思い飲み込んだ。

三

幸い、あれから一度も賊の件が耳に入らず学問に励んでいた信政は、今日は何が学べるかと胸を躍らせて廊下を歩き、学問所として使われている離れに渡った。

昨日、江戸の両親に宛てた文を出したのも、気分を晴れ晴れとさせている。

母には、北野天満宮の美しい境内の様子や、餅の味を堪能したのができるだけ詳しく伝わるよう言葉を選び、父には、寺社を狙う賊が出ているようだが、お節介を焼いて解決しようとは考えていないので安心してくれるよう書いている。

学友と共に一日学んだ信政は、終わり際に持久から、明日と明後日(あさって)は急な用ができたせいで休むと告げられ、喜ぶ皆を見つつ、己は何をして過ごそうか考えた。

そして浮かんだのは、

「久しぶりに、道謙様のご尊顔を拝しに行こう」

このことだ。

土産は酒にしようと思いついた信政は、翌朝、笹屋に足を運んだ。

店に入ってまず目に付くのは、棚に並べられている酒徳利だ。鞍馬山の麓の店より

は広く、間口も広いため明るい。

手代と話をしていた千左衛門がいち早く気付き、笑みを浮かべる。

「やあ、若君。いらっしゃい。ささ、奥へ。今お茶をお出ししますから」

「いえ、すぐ行きます。師匠に酒を持って行こうと思い寄らせてもらいました」

すると千左衛門は、いささかがっかりしたような表情を浮かべた。

「道謙様の……。そうでしたか。では、天神様に奉納したのと同じ酒がよろしいでしょう」

「お願いします」

手代が支度をするのを待つあいだ、信政は気になっていた話を千左衛門に切り出す。

「あれから北野天満宮に盗賊が入っていませんか」

「ええ、入っていませんよ」

「それは良かった。安心しました」

信政の笑顔に対し、千左衛門は渋い顔をする。

「まだ油断はできないと思います。と申しますのも、つい先日四条の寺に盗っ人が入り、かの織田信長公ゆかりだと伝わる宝刀が盗まれたそうです」

「寺のお方は、さぞ悔しがっておられましょう」

「まったくです。城ひとつとまではいかずとも、万両の価値がある品だそうですから」

「それはすごい」

「まったく物騒な話ですが、伝説がある宝刀をほしがる者がおるから、金目当ての盗っ人が絶えないのでしょうな。そう思われませんか」

「同感です」

そう答えると、千左衛門は表情を和らげて腰を低くした。

「お出かけのところを、邪魔してしまいました。道謙様に、くれぐれもよしなにお伝えください」

手代が差し出す徳利を受け取った信政は、代金を渡し、千左衛門の見送りを受けて外へ出た。

盗っ人が気にはなったものの、学問に集中しておらぬな、と言われぬために、道謙には話すまいと決めて道を急ぐ。

照円寺近くの家を訪ねてみると、縁側でのんびりとしている道謙がいた。

「お師匠」

声をかけて走り寄る信政に、道謙が嬉しそうに応じる。

「おお、信政か。久しぶりじゃの。よう学んでおるか」

「はい。今日は休みになりましたから、お目にかかりたくまいりました」

「さようか。早う上がれ。おとみと月太郎はあいにく出かけておる。今日は帰らぬゆえ、泊まってゆくがよいぞ」

「では、お言葉に甘えて」

信政が、笹屋の酒だと告げて徳利を差し出すと、

「うむ。手土産まで持って来るとは、よう気が利くの」

道謙はそう言って受け取らず、腕をつかんだ。

「鍛えるのを忘れておらぬようじゃな」

「木刀を振る程度ですが」

稽古は怠っていないが、信政はそう謙遜した。

身軽に立ち上がり、衰えを感じさせぬ道謙を見て、信政は剣の腕を磨きたくなっ

た。

「お師匠、御指南を賜りたく存じます」

「もう教えることはない。今のまま、日々の修行を怠るな。ところで、信平とは連絡を取っておるのか」

「はい。一昨日も、文を送りました」

「うむ。ならば良い。賜った町は、何ごともなく治めておるのか」

「そのことですが……」

信政が母から知らされているとおりの様子を伝えると、道謙は笑った。

「町くらべとは、江戸の者は愉快なことを思いつく。帰りたくなったか」

「いえ、まだまだ、南条先生から学びとうございます」

剣技はそこそこにして、学問をしっかり身に付けるほうが、信政の才覚を活かせると見抜いている道謙は、満足そうにうなずく。

「いずれ、鷹司家を背負う身じゃ。よう学び、父を助けて、民のために知識を使うがよい」

「お言葉、胸に刻みまする」

鞍馬山での修行が、今となって懐かしく感じる信政は、道謙の教えを乞い、一晩泊まって帰った。

四

　学問所の再開を待ちわびていた信政は、朝早くから部屋の掃除をはじめ、共に学ぶ者たちが来る前に終わらせていた。

　一人二人と来はじめ、休みは何をしていたのか互いに言葉をかわしていたのだが、信政はふと、家督を継いで来なくなった北園智房（きたぞのともふさ）の、空いたままになっている文机を見て、寂しく思う。

　そこへ持久が来た。

　今朝会っていなかった信政は、居住まいを正して頭を下げる。

　目を合わせてうなずいた持久は、静かになった皆に声をかけた。

「今日より共に学ぶこととなった者を紹介する。入りなさい」

　声に応じて、皆が廊下に注目する。

　外障子が開けられたままの廊下を歩んできたのは、信政と同年代の若者だ。

　名は東大路頼嗣（あずまおおじよりつぐ）。十七歳。

父親は内大臣を務めたこともある名門の嫡男らしく、穏やかで品格が備わった人物で、端正な顔立ちをしている。

「よろしく」

自己紹介を終えた頼嗣に、持久が信政の横を示す。

「空いた文机を使いなさい」

微笑んで応じた頼嗣は、姿勢良く歩んできて、信政に軽く頭を下げた。

信政も頭を下げて応じると、口角を上げた頼嗣は藤色の狩衣の袖が当たらぬよう気をつかい、隣の文机に向かって腰を下ろした。

狩衣に香を焚(た)き込ませている爽やかな香りが、信政に好感を持たせる。

頼嗣は初めの印象どおりの優しい性格で、共に学ぶ者たちに受け入れられるのに日は要さなかった。

隣同士のよしみで、早いうちから仲良くなった信政は、六日目の学問が終わった時、茶会に誘われた。

明日の休みに、東大路家の屋敷に招きたいという。

断る理由もない信政は、快諾した。

招かれたのは、嵐山(あらしやま)を望める別邸だ。

迎えの者に案内された信政は、土塀に囲まれた敷地に入り、まず目に付いたのは茅葺きの母屋だ。

大邸宅ではないものの、渋墨が塗られた黒い柱に、漆喰の純白、表玄関の脇にある紅葉した一本の楓が、この邸宅をより美しく見せている。

案内の者に従い玄関に入り、磨き抜かれた廊下を歩んでゆくと、女たちの笑い声が聞こえた。

「こちらです」

案内の者が示すのは、池がある庭を見渡せる座敷。

信政の到着を知らせる案内の者に続いて座敷に顔を出すと、頼嗣が笑顔で迎えてくれた。

そばにいる三人の女は、いずれも見目麗しく、身に纏っている着物は、茶や緑など、小袖と袿を重ね、色の配合で美しさを演出した身なりに、髪を結わず真ん中で分けて腰まで垂らした姿からして、公家の者なのだろう。

信平は三人から妖艶な眼差しを向けられ、思わず目をそらした。

頼嗣が笑う。

「信政殿、そう堅くなるな。この者たちは身内同然の姫だ。取って食われはしないぞ」

すると、瓜実顔(うりざねがお)の女が、正座している信政に歩み寄ってきて、盃を差し出した。

信政は酒をすすめられるが、断った。

だが女は、手を取って盃を持たせ、下から見上げてくる。

麝香(じゃこう)に鼻をくすぐられた信政は、色目を使う女に戸惑って立ち上がった。

「今日は、帰ります」

頼嗣は止めはせず、

「では、また明日」

と、あっさり帰してくれた。

戸惑いを隠せず急いで帰った信政は、南条家の自室に入り、障子を閉めて文机の前に座り、深い息を吐く。

あの座敷の、華やかで妖艶な雰囲気は、初めての体験だった。

頼嗣はいつも、あのおなごたちと遊んでいるのだろうか。

「大人だ」

ぼそりとこぼした信政は、そういう遊びをしたいわけではなく、何ごとにも動じず、ゆったりと構えている頼嗣に懐の大きさを感じ、憧れのような感情を抱いたのだ。

翌朝、学びに来た頼嗣が隣に座るのを待っていた信政は、膝を転じて頭を下げた。

「昨日は、ご無礼いたしました」

頼嗣は微笑んで首を横に振る。

「無垢な信政殿を、次は舟遊びに誘いたいのだが、是非とも受けてくれぬだろうか。昨日の者たちは来ぬから、安心してくれ」

無垢と言われて、信政は苦笑いをした。

「逃げるように帰ってしまい、お客人に不快な思いをさせてしまいましたか」

「清子は確かに残念がっていたが、初対面で迫りすぎたと反省していた。これに懲りず、また折を見て会うてやってくれ。悪いおなごではないのだ」

迫る、というのが気になった信政だが、笑顔で濁した。

舟遊びの約束をしたのちは、いつものように学問に励み、三日後に、ふたたび嵐山に足を運んだ。

この日は、秋の深まりを感じさせるほど、川風が冷たかった。

緑がかった水面と紅葉が美しい景色を愛でる人が大勢繰り出している中、信政は川沿いの道を歩いて、頼嗣が待つ別邸を訪ねた。

「よう来てくれた」

玄関で迎えた頼嗣は、奥に向かって、行くぞと声を張った。

程なく現れたのは、先日の三人とは違うおなごだ。

頼嗣が紹介する。

「凜子だ。凜子、この男が、先ほど話した信政殿だ」

凜子は微笑んで頭を下げた。

紺地の着物が清楚で、表情や仕草が大人びているものの、頼嗣の接し方を見ると、同年代のようだ。

船頭が操る舟で川に出た。

半刻（約一時間）の舟遊びのあいだに、信政は頼嗣と凜子が幼馴染だと知った。

二人はとても仲が良く、将来を約束しているのだろうかと思ったものの、そのことには触れず様子をうかがうだけにした。

和歌について語り、嵐山の景色で唄を詠んだりする頼嗣と凜子の雰囲気はとても大人びて見え、信政は二人に、またも憧れを抱くのだった。

凜子は信政に対し穏やかに接し、心根の優しさを感じさせる。

清楚というのは、凜子のような人を言うのだろうと思う信政は、つい、薫子を思い出してしまう。

今頃は、何をしておられるのか。

二度と会えぬ人を想う信政は、どうにも心寂しくなり、水面を見つめた。

穏やかな口調で語り合っていた頼嗣と凜子の様子が一変したのは、そんな時だった。

船着き場に向かって舳先(へさき)を転じたのに応じて目を向けた凜子が、

「もう帰るのですか」

頼嗣にそう言い、岸辺を見ていたのだが、何かに怯えたように慌てて伏せたのだ。

頼嗣も気付いたらしく、船底に身を伏せる凜子に羽織を掛けて隠し、船頭に岸から離れるよう命じた。

何ごとかと思う信政は、頼嗣の目線に合わせて川岸を遠望する。

物見遊山に来ている人々が歩いている岸辺の道に目立つのは、黒の狩衣に赤の指貫を着けた公家の男だ。

供の者を連れたその男は、道行く者に目を配り、川に浮かぶ舟を見たりして、誰かを捜している様子だ。

頼嗣が今日に限って狩衣を着けず、目立たぬ紺地の小袖を身に纏っているのは、わけがあるようだ。

そう思う信政は、声をかける。

「凜子殿が隠れられるのは、あの岸辺におられる公家のお方と関わりがあるのですか」

頼嗣がうなずく。

「凜子の許嫁だ」

「…………」

驚いた信政は、頼嗣の目を見た。

将来を約束された相手がいる人を、舟遊びに連れ出してはまずいのではないか。

口には出さぬが、目でそう訴えたのだ。

船頭も気をつかい、許嫁から遠ざけるべく櫓を漕ぐ手を速めている。

嵐山の麓の船着き場に滑り込んだ舟から対岸の様子をうかがっていると、許嫁は供の者を連れて川下のほうへ歩いていき、やがて見えなくなった。

「もういいぞ」

頼嗣の声に応じた凜子が起き上がり、信政に恥じらいの微笑を浮かべる。

信政は、詳しく訊いては無礼だと思い黙っていると、頼嗣が事情を話した。

凛子の許嫁は、飛鳥(あすか)家の当主家周(いえちか)だと教えたうえで、

「凛子はわたしを好いているから、嫁ぎたくないのだ」

などと、本人を目の前に告げて愉快そうに笑う。

これまでの二人の様子から本気にした信政は、心配になった。

「されど、縁談が決まっている凛子殿をこのような遊びに連れ出しては、立場が悪くなるのではありませんか。現に、捜しておられたようですから、お二人が一緒だと思われているのでは……」

「どう思われようと、凛子は好いているのだから仕方がない」

頼嗣はそう言うと、船頭に舟を戻すよう命じた。

家周が戻ってこないか警戒しながら川を横切り、岸に上がった信政たちは、川下を警戒する。

すると、家周が商家のあいだから出てきた。

「嫉妬深い男が戻ってきたぞ。急げ」

頼嗣は凛子を路地に押し入れ、信政が向こうから見えないようあいだに立つ。

あたりを見回しながらこちらに歩いてきた家周が、頼嗣の別邸に繋がる道の前に立っている信政を迷惑そうな目で見てきた。

「そこをどけ。通れぬではないか」

若造が、と軽んじる態度の家周に対し、信政は会釈程度に頭を下げて場を空ける。

このあいだに、頼嗣と凜子は別邸に入り、門を閉じている。

家周は門の前に行けども、自尊心からか、おとないを入れるまではしない。苛立った様子で門前を行ったり来たりし、思いついたような顔を信政に向けると、足早に戻ってきた。

「おい、若いの。いつからここにおる」

いきなり声をかけられても、信政は動揺の色を浮かべぬ。

「つい先ほど来たばかりです」

「ここを通った男女がおるか」

「いえ……」

「ふん」

役立たずが、と声には出さぬものの、家周は不機嫌そうな顔で狩衣の袖を荒々しく振り、去っていった。

見えなくなるまで目で追っていた信政は、このまま帰ろうかとも思ったのだが、一声かけるべく、別邸に足を向けた。

門扉をたたこうとした時、中から開いた。

信政が驚いて下がると、頼嗣が顔を出し、あたりをうかがいながら問う。

「もう行ったか」

「おそらく」

「そうか」

「では、わたしは帰ります」

「待て。入ってくれ、話がある」

腕を引かれるまま応じて中に入った信政は、客間で二人と向き合った。

凜子はうつむき、信政と目を合わせようとしない。

頼嗣が、初めて見る真剣な面持ちで信政と向き合い、話を切り出した。

「すまぬが頼まれてくれ。今からこの凜子を、二、三日南条先生の屋敷に匿ってくれ」

想像もしていなかった申し出に、信政は面食らった。

「わたしの一存では決められませせぬ。それに、帰らなければ、凜子殿の親御が心配されるのでは……」

「親は大丈夫だ。これにはわけがある」

「わけとは……」

頼嗣は一瞬だけ凜子を気にして、信政に言う。

「何も聞かず、この場で引き受けてくれ。一旦帰って南条先生に相談すれば、おそらくお許しくださらない。信政殿、このとおりだ」

頼嗣に頭を下げられては、断れぬ。

困った信政が凜子を見ると、すがるような目を向けられ、人助けをしたくなる。

「分かりました。とりあえず、わたしの部屋を使っていただきましょう。南条先生と奥方様を説得してみます」

「恩に着る。先生の御屋敷ならば、家周は思いつかないはずだ」

顔を上げた頼嗣は安堵の息を吐き、信政に告げる。

信政は問う。

「お引き受けしますが、お二人はそのあと、どうされるおつもりですか」

頼嗣はまたちらりと凜子を見て、信政に真顔を向ける。

「凜子次第だ」

頼嗣の考えはないのかと思う信政であるが、口には出さず、凜子を見る。

凜子は下を向き、黙ったままだ。

信政は頼嗣に言う。

「必ず、お迎えに来てください」

頼嗣は一瞬戸惑った顔をしたが、目を見てうなずく。

「分かった。くれぐれも、よろしく頼む」

それから程なくして、駕籠(かご)を雇いに走った頼嗣の家来が戻ってきた。

表門まで見送りに出た頼嗣の袖を引いた信政は、凜子が駕籠に乗るのを見て、小声で問う。

「ひとつ教えてください」

「なんだ」

「どうしてわたしなのですか」

頼嗣は笑う。

「おなごに手を出しそうにないからだ」

信政は、頼嗣の目を見る。

「まさか、先日こちらに招いてくださったのは、試すためですか」

「悪く思わないでくれ。これも、凜子のためだ」

かしこまって頭を下げる頼嗣の、凜子を想う気持ちに対し、信政は何も言えなくなった。

駕籠に付き添い帰った信政は、どうするべきか考えた末に、一旦内緒で、自分の部屋に入れた。

「先生の許しをいただいてきますから、くつろいでお待ちください」

気をつかう信政に対し、凜子は三つ指をついた。

障子を閉めた信政は、持久と霧子がいる部屋に急ぎ、廊下で片膝をつき声をかけた。

「先生、ただいま戻りました」

「おお、早かったな」

応じる持久に続いて、霧子が返す。

「入ってお茶をお飲みなさい。美味しいお饅頭もありますよ」

障子を開けた信政は、頭を下げた。

「お二人に、お願いがございます」

茶菓を楽しんでいた二人が顔を見合わせ、持久が言う。

「かしこまっていかがした」

霧子が歩み寄り、我が子を心配するように背中をさすった。

「かわいそうに神妙な顔をして、よほどのことのようですね。いったい何があったのです」

信政は、凜子を預かった経緯を包み隠さず話し、二、三日泊める許しを乞うた。

おなごを連れて戻ったと知った霧子は、話の途中からおろおろしていたのだが、事情をすべて伝え終えると、信政に直接関わりないと分かり、すっかり落ち着きを取り戻した。

持久はというと、渋い顔をする。

「許嫁から逃げる者を匿うのは、他家の縁談を潰すのに加担したと言われかねない。これは、いかがなものか」

もっともなことだと思う信政は、恩人に迷惑をかけられぬと立ち上がる。

「引き受けたわたしが浅はかでした。凜子殿の御屋敷にお送りしてまいります」

「お待ちなさい」

止めたのは、先ほどまで心配していた霧子だ。信政を座らせ、持久に言う。

「帰すのは、凜子殿の気持ちを聞いてからでもよろしいのでは」

持久が困り顔をする。

「またお前は、そのようなことを申して……」

「若い姫が逃げるなど、よほど思い詰めている証ですから、無慈悲に追い返してしまえば、命を絶つ恐れがあります」

「無慈悲などと……」

持久は困った様子だったが、話だけでも聞くよう霧子に説得され、肩の力を抜いた。

「いいだろう。信政、連れて来なさい」

応じた信政は、凜子を呼びに向かった。

五

「何、そなたは、西京惟義(にしぎょうこれよし)殿の娘御か」

名を聞いて驚く持久に、凜子は頭を下げる。

「どうか、よしなにお頼み申します」

持久は戸惑いを隠せぬ。

「惟義殿は、五人のお子をたいそう可愛がっておられたはず。今頃は、さぞ心配してらっしゃるのではないだろうか。縁談の相手は申し分ない御家柄。当主の家周殿は、家業の琵琶や華道が優れており、近頃は財を得ていると聞く。娘を想うて決めた相手が気に入らぬから黙って出るなどと、親不孝をしてはならぬ。今すぐ、帰りなさい」

頭ごなしに言う持久を、霧子が腕をそっとつかんで諫める。

持久は口をつぐんだ。

霧子は、優しい口調で問う。

「凜子殿、ほんとうに、縁談から逃げたいのですか」

「はい」

「そのわけを、聞かせてください」

凜子は、ほろりと涙を流した。

「許されぬこととは分かっているのですが、気持ちを抑えられないのです。屋敷に戻れば、祝言の前に家周殿のもとへ行かされてしまいます。どうか、ここにいさせてください」

霧子が、案じる面持ちで問う。

「どなたか、こころに決めた人がいるのですね」

返答を戸惑う凜子に、霧子はそっと寄り添う。

「言わなくてもよいのです。そういうことならば、分かりました。わたくしの隣の部屋をお使いなさい」

「これ……」

勝手に決めるなと言いたそうな持久に、霧子が言う。

「事情はどうあれ、信政殿が引き受けたのですから、わたくしたちも力になりましょう」

「そうしたいところだが、やはり、親の気持ちを考えると、伝えぬわけにはいかぬぞ。凜子殿、すまぬが承知してくれ。家出はいかん」

「頭が固い人」

霧子に言われて、持久は目を見開いた。

「何を言うか」

「二、三日だというのですから、よいではありませんか」

「しかしな……」

言い争いになりそうなのを信政が止めようとした時、下男が来客を告げにきた。

「西京惟義様が、殿にお目通りを願われてございます」

持久は驚き、信政を見る。

「どういうことだ。凜子殿のことを承知されておるのか」

信政も分からず、凜子を見た。

凜子は焦りを浮かべた顔を横に振る。

持久は考え、凜子に告げる。

「心配はいらぬ。わたしがお父上を説得しよう」

すると、霧子が明るい顔で問う。

「縁談を考えなおすよう説得なさるのですか」

「そうではない。我が屋敷で預かるのを承知してもらうのだ。親子で熱くなっておるようだから、一旦離れて、冷静になってこれからのことを考えるよう言うてみる」

霧子が残念がるのを横目に、持久は信政に同席するよう告げて客間に向かった。

応じた信政があとに続く。

庭の木々が色づいた美しい庭を望める客間で待っていた惟義は、持久が入ると居住まいを正し、微笑みかけた。

「南条殿、お久しぶりにございます」

廊下に控える信政を紹介された惟義は、真顔で目礼をし、上座に座る持久に向くと、神妙な態度で頭を下げた。

「このたびは、娘を押し付けて申しわけない」

持久は驚きの声をあげ、信政も困惑した。

持久が問う。

「今のお言葉の意味が理解できませぬぞ。凜子殿は、縁談がいやで家出をされたのではないのですか」

「そうそのかすよう、頼嗣殿に頼みました」

この一声で、持久は悟ったようだ。

「頼嗣殿を介して、娘御を信政に預けられたのか」

「家周殿の誤解を解くために、頼嗣殿が思いつかれたのです。娘の縁談は、聞かれておりますか」

持久はうなずいた。

「わたしに子はおりませぬが、ご心労をお察しします。親に心配をさせてはならぬと、たしなめていたところです」

「申しわけない。ですが持久殿、ここはひとつ、しばらく娘を預かってくだされ」

「お互い離れて、冷静になって考えようというのですな。そういうことなら、引き受けましょう」

快諾する持久に、惟義は浮かぬ顔をする。

横顔をうかがっていた信政は、凜子の想い人は頼嗣殿かと問いたい気持ちをぐっと抑え、成り行きを見ていた。

すると持久が、信政の想いを代弁してくれた。

「凜子殿には意中の人がおられるようだが、それはひょっとして、頼嗣殿ですか。確か、屋敷も隣でしたな」

すると惟義は、困ったような面持ちで後ろ首に手を当てた。

図星か、と信政が思っていると、惟義がため息をついた。

「頼嗣殿なら、どんなに良いか」

持久が眉をひそめる。

「そのご様子だと、相手は曰く付きですか」

惟義は、悄然（しょうぜん）たる様子で言う。

「凜子は、我が屋敷に長逗留（ながとうりゅう）している若き絵師、江戸川一瓢（えどがわいっぴょう）に恋い焦がれておるのです」

「なんと、絵師に……」

身分の違いゆえに、許されぬ恋だ。

しかも、一瓢は旅の絵師だという。

「若き乙女にありがちな一目惚れでしょうが、これが厄介と申しますか、周りが見えぬようになっております」

持久は、腕組みをした。

「その絵師への想いを断ち切るために、祝言の前に家周殿のもとへ送ろうとしたのですか」

「まことのところは、そうではないのです。嫁ぎたくない凜子の気持ちを逆手に取って、我が屋敷から遠ざけるための偽りにございます」

「何ゆえそのような真似をされたのです」

「一瓢殿に非がないのですから、襖絵の仕事が終わらぬうちに追い出すわけにはいきませぬ。完成すればいなくなるお人ですから、それまで凜子を遠ざければよいと思い、頼嗣殿に預かってもらうよう話を持ちかけたのです。頼嗣殿は快諾してくれ、家周殿のもとへ行かされると思い込んでいる凜子を、うまく誘い出してくれました。あとは、本日の運びとなったわけです」

そこまで告げた惟義が、信政に向く。

「我が娘のわがままに付き合わせてしまい、申しわけない。信平殿が聞かれれば、わたしは叱られそうじゃ」

信政は首を横に振った。

「父には、申しませぬ」

「いや、それはいけませぬぞ。可愛いご子息を遠く離れた京で学ばせてらっしゃる親の気持ちを思うと、巻き込んでしまい心苦しい。文を送られる時は、わたしが詫びていたと、一筆書き添えていただきたい」

持久が口を挟む。

「惟義殿、そう思われるなら、自ら文を送られてはどうです」

「いやいや、おそれおおい、おそれおおい」

恐縮しているかのようで、惟義はなかなかの狸だ。

信政が知らせぬと読んだうえで、この場しのぎの口上だろう。

惟義は困り顔をして、話を戻す。

「厄介なのは、家周殿が凜子と頼嗣殿の仲を勘違いしてしまっていることです。今日も、捜していたそうですな」

問われた信政は、うなずいた。

惟義が持久に言う。

「わたしの口から、勘違いだ、娘は絵師に懸想しているから屋敷を出したと言えるはずもなく困っていたところ、頼嗣殿が、こちらで預かっていただく策を思いついたのです。ごあいさつをする前に勝手をしましたこと、平にご容赦ください。このとおり」

平身低頭して詫び、娘を頼むと懇願された持久は、教え子の頼嗣がしたことと受け止め、一瓢が去るまで凜子を預かるのを承諾した。

「二日三日で、襖絵が完成するのですな」

念を押すと、惟義はそうだと答え、一瓢が去れば迎えに来ると約束して、安堵した様子で帰っていった。

こうして凜子とひとつ屋根の下で暮らすことになった信政であるが、寂しそうで、悲しそうな凜子を見ているうちに、薫子を想う自分の気持ちと重なり、哀れに思えてならなかった。

翌日、学問所で頼嗣と顔を合わせた信政は、凜子と絵師の話を聞いたと切り出し、実のところはどうなのかと、訊いてみた。

「凜子の気持ちか？」

問い返す頼嗣に、信政は首を横に振る。

「凜子殿の気持ちは、分かるような気がするのです。わたしが聞きたいのは、絵師のほうです。凜子殿の想いは、伝わっていないのですか」

頼嗣は、意外そうな目を向ける。

「今、凜子の気持ちが分かると言ったが、誰か想い人がいるのか」

信政は顔が熱くなった。

「わたしのことはいいですから、絵師の気持ちをご存じなら教えてください」

「知ってどうする」

「それは……」

自分は二度と薫子に近づくことはできないが、凜子は違うのではないかと思い一晩中寝られなかった信政は、今になって返答に窮した。

頼嗣が、探るような目で言う。

「まさか、二人を逃がそうと考えているのか」

「いえ、そんな大それたことは……」

「わたしは、それもいいと思っているぞ」

信政は驚いた。

「本気ですか」

頼嗣は微笑む。

「ただし、一瓢の気持ち次第だ。わたしが見たところ、残念ながら、凛子の片思いだな」

「そう、でしたか」

肩をたたかれて顔を上げると、頼嗣が笑った。

「昨日会ったばかりのおなごのことに親身になるのはいいが、落ち込んでどうする」

信政は、笑えない。

「とても、寂しそうに見えましたので」

「お前は優しいな。凛子を頼んで良かった。今朝聞いたのだが、あと少しで絵が完成するそうだ。いなくなれば、凛子もあきらめるだろう」

よろしく、と言って帰る頼嗣を見送った信政は、学問所を出て、自分の部屋に戻った。

凛子の様子を知りたくて、霧子のところへ行こうとしていると、廊下の先から、慌てた様子の霧子が来て、学問所に渡ろうとしている。

「霧子様」

声をかけると、振り向いた霧子が駆け寄る。

「先生はお出かけになりましたよ」

「違うのよ。ちょっと目を離したあいだに、凜子殿がどこにもいないの」

昨日の、凜子の寂しそうな顔が目に浮かんだ信政は、はっとした。

許されぬ相手に恋い焦がれる凜子は、霧子の目を盗んで、会いに行ったに違いないと思ったからだ。

「捜してきます」

信政は、西京家がある禁裏の北へ走った。

六

その頃凜子は、信政が思ったとおり西京の屋敷近くまで戻っていた。

両親に見つからないよう裏門から入るべく、狭い路地を歩いていると、背後から走ってくる足音がした。家の者かと思い振り向いた凜子は、顔を見て目を見張り、逃げようとしたのだが、帯をつかまれ引き寄せられる。

悲鳴をあげようとしたのだが、その前に口を塞がれてしまった。

「許嫁だぞ。どうして拒む」

どこで見張っていたのか、家周が腹立たしげに声を荒らげ、手を強く引く。

「離してください」

「だめだ。お前はわたしのものだ。頼嗣などに渡すものか」

いやがる凜子を無理やり屋敷に連れ去ろうとしている。

助けを呼ぼうにも、ふたたび口を塞がれてしまい、足を止めて抗っても、細い身体を抱えられ、歩かされた。

凜子を捜していた信政は、強引に連れ去られる後ろ姿を小路に見つけて、駆け付けた。

「待ちなさい」

振り向いた家周に追い付いた信政は、息を切らせながら告げる。

「頼嗣殿と凜子殿は、あなたが思っている仲ではありません。手荒な真似はおやめください」

家周は眉間に皺を寄せた。

「誰だか知らぬが、生意気な小僧だ。邪魔をすると痛い目に遭うぞ。去れ」

「なりませぬ。手を離してください」

「黙れ！」

怒気を吐いた家周が迫り、拳を振り上げた。

殴りかかられた信政は、手首を受け止めてつかむ。

捻（ひね）り倒された家周は、腰を強打して呻いたものの、すぐに立ち上がり、信政を睨む。

「おのれ、覚えておれ」

恨みをぶつけて下がり、憤然と肩を怒らせて去ってゆく。

信政は、凜子を心配した。

「怪我をしていませんか」

凜子は恐縮してうなずく。

「どうして、ここにいると分かったのです」

父親から聞いたという言葉を飲み込んだ信政は、真顔で答える。

「頼嗣殿から、絵師の話を聞きました。想い人に、会いに戻られたのだと思ったのです」

「おかげで、助かりました。もう大丈夫ですから」

頭を下げて、屋敷の裏門に行こうとする凜子の前を信政が塞ぐ。

凜子はそれでも押し通り、裏門に取り付いた。

信政が止めるのも聞かず脇門を開けて入る。

信政は、追って入った。

「凜子殿、お待ちください」

聞かず裏庭を歩く凜子は、庭木の木陰に隠れ、屋敷の様子をうかがう。その目線の先には、改築されて真新しい廊下があり、その奥の座敷では、総髪をひとつに束ね、黒の着物に白襷を掛けた男が、襖絵を描いていた。

二十代の男は、毛が赤に染まった絵筆を口に咥え、もう一本の筆を一心不乱に動かしている。その姿は、信政の目から見ても美しい。

「あのお方が、江戸川一瓢殿ですか」

「はい」

凜子の声が震えている。

横顔をそっと見た信政は、頰を伝う涙に胸を痛めた。

一瓢はもうすぐ絵を描き終え、生まれ育った江戸に帰る。

知っているだろう凜子は、その前に一目だけ会いたくて、戻ったに違いなかった。

一瓢の周囲に誰もいないのを確かめた信政は、凜子に言う。

「お話をされてはいかがですか」

凜子は驚いた顔を向けた。目を赤くし、濡れた睫に胸を打たれた信政は、このまま連れて帰るのは不憫だと思ったのだ。

凜子は頬を拭い、微笑んだ。

「一目見ることができましたから、もうよいのです」

戻りましょう、と言って先に立つ凜子に続いた信政は、座敷に振り向く。すると、一瓢が廊下に出てきた。

「凜子殿」

声をかけられた凜子は立ち止まったが、振り向かず行ってしまった。

背中が泣いている。

そう思った信政は、廊下に歩み寄り、頭を下げた。

一瓢は、知らぬ信政に対し、礼儀正しく応じる。

「凜子殿は、貴殿の屋敷においでなのですか」

「その前に、ひとつお聞きしてもよろしいですか」

一瓢はこころよく応じる。

「どうぞ」

「あなたは、凜子殿をどう思われているのですか」

唐突な発言だが、一瓢は顔色を変えず、むしろ穏やかに微笑むと、紺毛氈に一枚の白紙を敷いて座し、すらすらと筆を走らせはじめた。

信政をさほど待たせることなく筆を置き、差し出す。

「わたしは、明日の明け六つに、江戸へ発ちます。短いあいだでしたが、凜子殿の気持ちは伝わっておりました。これは、わたしの胸の内、と申しておきましょう」

描かれていたのは、二羽の鳥だ。

「これは、鵠(くぐい)(白鳥)ですか。どういう意味があるのです」

一瓢は微笑むだけで答えず、襖絵の仕事に戻った。

得意の絵ではぐらかしたのか、気持ちがよう分からぬ信政はふたたび問おうとしたのだが、一瓢を呼ぶ声がしたため、邪魔をせず凜子を追って帰った。

立ち去る信政を見ていた一瓢が寂しそうな顔をしたのを、知らぬままに。

凜子は、裏門を出たところで待っていた。

「信政殿、一瓢殿と、何を話したのですか」

「ごめんなさい。勝手をしました」

素直にあやまった信政が、一瓢の気持ちを確かめたかったと言うと、凜子は焦りの色を浮かべた。

「お答えくださったのですか」

はっきり耳にしたわけではなく、絵の意味も理解していない信政は、首を横に振った。

「また家周殿に見つかるといけませんから、南条家に戻りましょう。見ていただきたい物があります」

信政は路地に促し、凜子を連れて帰った。

表門に出て待っていた霧子が、二人を見て歩み寄る。

「ああ、無事でよかった」

信政と凜子の手を取って安堵する霧子に、凜子は頭を下げてあやまった。

「無事なら良いのよ。雨が降りそうだからお入りなさい」

言ったそばから、ぽつりと雨粒が落ちてきた。

三人で屋敷に戻り、霧子が促すまま座敷に入ると、持久が待っていた。

信政に無言でうなずいた持久は、詫びて頭を下げる凜子に、哀れみを含んだ顔で問う。

「絵師に会いに行っていたのか」

「尽きぬ名残に負けて、つい……」

「会えたのか」

「物陰から、そっとお姿を見ました」

うつむく凜子に、霧子が涙ぐんでいる。

持久は、乙女心を探った。

「寂しいか」

「………」

「そなたの想いが相手に伝わらなくとも、人を愛おしむ気持ちは、この先きっと、美しい思い出となろう。大切に、胸にしまっておきなさい」

「はい」

両手を揃えて頭を下げた凜子の色白の手に、涙がこぼれ落ちるのを見た信政は、胸元に忍ばせていた絵を、凜子の前にそっと置いた。

持久が信政を見て、霧子が問う。

「これは、何ですか」

「凜子殿が去られたあと、一瓢殿がその場で描かれました」

気持ちを問うたとは、言えなかった。

手に取った凜子は、愛おしそうな顔で見ている。

持久が信政に問う。

「鵲か」

「はい」

「良い絵じゃ。嫁ぐ凜子殿に、そぐうておるな」

「そぐう？　それは、いかなる意味でしょうか」

問い返す信政に、持久が微笑む。

「よう見てみるがよい。この鵲は、求愛をしておるのじゃ」

信政は恐縮して凜子から受け取り、改めて見る。

水面に浮かぶ二羽の鵲が向き合い、くちばしを近づけている絵は、求愛の形だったのか。

信政は、はっとした。

「一瓢殿は、これは己の気持ちだと申されました」

持久は驚いた。

「今、なんと申した」

「わたしは、どうしても確かめたくなり、凜子殿をどう想われているのか、お訊ねしてしまったのです」

「先ほどそなたは、一瓢殿が目の前で描いたと申したな」

「はい」

「ここからが肝心だぞ。問うたあとか、それとも前か」

「あとです」

持久は目を見張り、霧子が両手で口を塞いでいる。

凛子は絵を胸に抱き、幸せそうに涙を流した。

「信政殿、ありがとう」

「いえ」

「わたくしは、気持ちをいただけただけで良いのです」

「凛子殿……」

霧子が手を差し伸べ、そっと抱き寄せた。互いに想い合っていても、結ばれぬ定めを哀れんでいる。

凛子も承知しており、取り乱す様子はない。

気持ちが落ち着いて部屋に戻る凛子を見送った信政は、二人に頭を下げ、自分の部屋に戻ろうとしたのだが、持久が霧子に話す声が聞こえ、足を止めた。

「一瓢殿の気持ちが分かり、凜子殿は救われたかもしれぬが、わたしは少々心配だ。嫁ぐ決心が揺らぎやしないだろうか」

「また出ていかぬよう、気をつけておきます」

霧子の答えを聞いた信政は、凜子が心配になり、様子を見に行った。

閉め切られた障子の前で声をかけたが、返事がない。縁側の下に、なぜだか灰が捨てられ山になっている。火鉢の物だろうか。

不思議に思った信政は、ごめん、と声をかけて障子を開けた。

すると凜子が、陶器の丸い火鉢を逆さまにして足場にし、欄間に通した帯で首を吊ろうとしているではないか。

「何をしているのです！」

微笑む凜子の美しさに、信政は息を呑む。

「凜子殿、おやめください」

凜子は首を横に振る。

「いかに互いが引かれ合っていても、今のわたくしでは結ばれませぬ。囚われ同然のこの身を捨て、魂になって、一瓢殿のおそばにまいります」

帯を両手でつかみ、顎を入れる凜子に走り寄った信政は、両足を抱えて持ち上げた。

「離して」

「なりませぬ」

信政は凜子を帯から抜こうとしたが、つかんで離さない。

「魂になってそばに行っても、一瓢殿はきっと気付きません。生きて付いて行くべきです」

すると凜子は、手の力を抜いた。

信政が帯を外し、二人もつれるように倒れ込んだ。

呆然と天井を見つめた凜子が、起きようとした信政の袖をつかむ。

「わたくしがそうできるよう、手を貸してくれませぬか」

信政が顔を見ると、凜子は懇願する眼差しを向ける。決意を込めた目力に、信政は応えたいと思い顎を引く。

「もう命を絶とうとせぬと、約束してくれますか」

「お約束します」

凜子の目を見て決意を悟った信政は、承諾した。

「一瓢殿は、明朝発たれます。部屋に戻り、どう動くべきか考えをまとめてきます」

凜子は神妙に頭を下げた。

帯を欄間から外して渡した信政は、自分の部屋に戻った。廊下から入ろうとして、ぎょっとした。千下頼母が、上座に向かって正座していたからだ。

「頼母殿……」

声に応じて、頼母が横を向く。笑みがないのはいつもの表情だが、どこか、探るような眼差しをしている。

凜子の部屋が近いため、会話を聞かれたかと、信政は焦った。

「いつからここにいたのだ」

「勝手に入り申しわけありませぬ。持久殿にごあいさついたしましたところ、若君が自室に戻られたと聞きましたもので……」

やはり、いつになく表情が厳しいように思える。

聞かれたか。

そうでなくても、切れ者の頼母を誤魔化すのは難しい。公家の縁談を壊そうとしている話ができるはずもなく、信政は思案した。そこで思いついたのは、母への手紙だ。

「良いところに来てくれた。先日に続いて、母上に文を書いた。次の便で届けてくれ」

文箱（ふばこ）から取り出した一通を差し出すと、頼母は真顔で受け取り、厳しい目を向ける。

「若君、何を隠しておられます」

「妙なことを申すな。何もあるはずないぞ」

「まことですか。先ほど、おなごと争う声がした気がしましたが、どなたか客人がおいでですか」

どうやら、持久はまだ言っていないようだ。

信政は動揺を面に出さぬよう、頼母と目を合わせる。

「共に学んでいる者から頼まれて、公家の姫を二、三日南条家に泊めてもらっているが、言い争ってなどいない。話をしていただけだ」

「さようでしたか。これは、殿からの文にございます」

その場で開いた信政は、目を見張る。

「人に迷惑をかけることだけは、いたさぬように」

どこかで見ていたのかと思うほどの内容が目に飛び込み、同じ字だというのに、そこだけ太く大きく感じてしまう。

目をしばたたかせる信政に、頼母が告げる。

「親心にございます。若君のことゆえありはすまいが、遠く離れておれば、ついいらぬ心配をしてしまうのだと、笑っておられました」

「江戸に戻っていたのか」

頼母はうなずき、立ち上がった。

「領地に戻る途中でございます。文は確かに、お預かりいたします。では、これにてごめん」

言われて、旅装束だと気付いた信政は、廊下で見送り、ふたたび父の文に目を落とす。

案じてくれる両親の想いを胸にとめつつも、命を絶とうとした凜子の力になるのだと決意を固めている信政は、父の文に頭を下げて箱に納め、思案した。

七

一瓢が江戸に戻る時が来た。

早朝、東の空がようやく白みはじめた頃、信政は凜子を連れ出し、西京家の屋敷に急いだ。

するると、下男が表門の前を掃き清めているのを見た凜子が、いぶかしむ。

「どうして、まだ薄暗いうちから掃除をしているのでしょう」

確かに、と思う信政はいやな予感がして、凜子を待たせて門前に走った。

掃除をしている下男に声をかける。

「手を止めてすまぬ。今朝江戸に発たれる一瓢殿に話があるのだが、まだおられるか」

すると下男は、気の毒そうに応じる。

「あいにく、つい四半刻(約三十分)前に発たれました」

「そんな馬鹿な……、明け六つに発たれるはずではなかったか」

「当初はその予定でしたが、急に思い立ったように早められたのです。おかげで、寝不足ですよ」

あくびをして掃除に戻る下男を尻目に、信政は凜子のもとへ走る。

「発たれていましたが、まだ間に合います。行きましょう」

手を引いて町中を急いだ信政は、町駕籠を見つけて呼び止め、凜子を乗せて走った。

駕籠かきたちを急がせ、東海道を江戸に向かう。やがて朝日が東の山の稜線に顔を出し、街道を明るく照らす。

駕籠から身を乗り出すように前を見ていた凜子が、信政に声をかけた。

「あそこにいらっしゃいます」

凜子が指差す先を見る。信政に後ろ姿を見極めることはできなかったが、編笠を着け、葛籠を背負う旅装束の者は、確かに一瓢だった。

走りどおしで街道を追ったせいで、駕籠かきの二人がへたり込み、息を上げている。

駕籠を降りた凜子は、驚く一瓢に駆け寄り、胸に飛び込んだ。

信政は駕籠かきたちに礼を言い、向き合う凜子と一瓢を見て、鵠の絵のようだと思うのだった。

別れの時、凜子は信政に詫びた。

「父はきっと、信政殿を責めましょう。そう思うと胸が痛みます」

「よいのです。どうかお二人とも、ご達者で」

一瓢が神妙に頭を下げ、凜子が胸元に忍ばせていた一通の手紙を出した。

「これを、父にお渡しください」

「承りました」

受け取った信政は、二人が見えなくなるまでその場に立ち、幸せを願った。

持久と霧子に伝えるべく、南条家の屋敷に戻ると、折悪く惟義が来ていた。一瓢が江戸に戻ったので、さっそく凜子を迎えに来たのだ。

下男から聞いて客間に急いだ信政は、凜子はどこだという持久に頭を下げ、惟義の前で平身低頭する。

「い、今なんて言うた。逃がした！」

口をあんぐりと開けた惟義は、怒気を込める。

「よその娘を、親の許しなく江戸に行かせたとは、どういうことや」

持久が困った顔をしている前で、信政は惟義に平身低頭し続けている。

惟義は、怒りに震える指で信政を差す。

「黙ってたら、分からぬではないか」

あやまるばかりで語らぬ信政を見かねて、持久が口を開こうとした時、霧子が気付いた。

「信政殿、懐に何を持っているのです。それは、文ではないですか」

「はい」

信政はようやく面を上げ、惟義に差し出す。

「凜子殿からお預かりしました」

開いて目を通した惟義は愕然とし、信政を見た。

「娘が、凜子が自ら命を絶とうとしたのを、信政殿が止めてくだされたのか」

「…………」

「信政殿のおかげで、生きようと思ったと書いて……」

声を詰まらせた惟義は、辛そうに目を閉じた。

「ああ、なんということだ。わたしは、可愛い娘の幸せを思うて家周殿に嫁がせようとしたというのに、このようなことになるとは。絵師など、雇わなければよかった」

がっくりと肩を落とす惟義に、持久が声をかける。

「これは、誰のせいでもありませぬぞ。二人が引かれ合うたのは、偶然ではのうて、必然ではないでしょうか。子が生きていてくれさえすれば、また必ず会える日がきます。いや、会えずとも、同じ空の下で暮らしておるのですから、悲しまれますな」

「家周殿が、納得してくれればよいが。頭が痛い」

両手で頭を抱えながら立ち上がった惟義は、以後は信政を責めず、帰っていった。

これでことがすむかと思われたが、そうはいかなかった。

信政が頼嗣の誘いに応じて嵐山に出かけていた時、人気がない寺町で、曲者三人組が襲ってきたのだ。

それは夕方だった。

覆面を着け、黒装束に身を包んだ曲者が、頼嗣と肩を並べて歩いていた信政のゆく手を塞ぎ、刀の鯉口を切った。

「大人しく付いて来い。逆らえば斬る」

恐れをなして付いて行く信政ではない。

「誰の差し金か」

こう述べる信政の表情は、剣士の面持ちに変わっている。

頼嗣を守って前に出る信政に、曲者は抜刀して斬りかかった。

脇差さえも帯びておらぬ信政だが、太刀筋を見抜いてかわし、相手の隙を突いて首を手刀で打とうとした。だがかわされ、刀を振るわれる。

しゃがんで辛うじてかわしたものの、曲者が迫る。

裂帛の気合をかけて打ち下ろされた一撃を、信政は横に転がって難を逃れた。

「すばしこい奴だ」

嘲笑を帯びた声音を発する曲者は、手刀を立て防御の姿勢を取る信政に対し、刀を上段に構える。

迫る曲者に対し、信政は下がる。

曲者は気合をかけ、頭めがけて大上段から斬り下ろした。

信政が右によけると、曲者が追って刀を振るう。しゃがんでかわす信政の頭上を刃が一閃し、勢い余って板壁にめり込んだ。

抜くも抜けぬ一瞬の隙を逃さぬ信政は、曲者に肩から飛びかかった。

その勢いも手伝い刀が抜け、曲者は信政の首に刃を向ける。

手首をつかんで止めた信政は、曲者の額に頭突きを食らわせた。

「うっ」

怯(ひる)んだ曲者の喉を、信政は拳で突く。

呻いて倒れた仲間を見た二人が、信政に刀を構える。

未熟な信政が必死の形相をしているように見えたのだろう、一人が迫り、気合をかけて斬りかかる。

袈裟斬りを右にかわした信政は、返す刀を振るおうとした相手の後ろを取り、後頭部を打つ。

一撃で気を失って倒れた仲間に目を見張った残り一人が、声を張って迫る信政の勢いに押されて下がり、走り去った。

「待て」

「追うな」

信政を止めた頼嗣が、まじまじと見る。

「危ないところだった。素手で立ち向かうとは無謀だぞ。剣術は習っていないのか」

息を切らせた信政が、着物の土を払い落としながら応じる。

「基本は身に付けているつもりです」

「なかなか良い動きだった」

微笑んだ頼嗣が、倒れている男の覆面を剝ぎ、二人目の顔を見て眉間に皺を寄せた。

「なるほど」

「何者かご存じなのですか」

「家周殿の手の者だ」

信政は腑に落ちた。

「わたしが凜子殿を逃がしたのを知って、差し向けましたか」

頼嗣が曲者二人を縛り上げ、嘆息をつく。

「逆恨みもいいところだ。ここは、わたしにまかせてもらおう」

「何をするつもりです」

「決まっている。家周殿を黙らせにまいる」

「ではわたしも行きます」

頼嗣は曲者の刀と鞘を拾って眺めた。

信政がいぶかしむ。

「どうされました」

頼嗣は答えず刀身を鞘に納め、信政に差し出した。

「これが役に立つ」

受け取った信政は、手強い相手なのだと覚悟し、頼嗣に付いてゆく。

向かったのは飛鳥家の本邸ではなく、家周が手に入れたという別邸だ。

東寺の五重塔を近くに望める地にある別邸は、ひっそりと静かだった。

表の門扉をたたいても、返事はない。

そこで脇門を押すと、開いた。

「用心して」

信政の言葉に微笑む頼嗣は、中に入ってゆく。

信政が続くと、二本差しの浪人風が二人現れ、家周も出てきた。

家周は信政に恨みを込めた目を向け、頼嗣に尖った声をあげる。

「勝手に入るとは、無礼であろう」

「まあそう申されるな。先ほど信政殿を襲うて逃げた者を追ってまいったら、ここに入ったのだ」

頼嗣の鎌かけに、家周は乗らぬ。

「そのような者、来てはおらぬ。帰ってくれ」

「信政殿を襲うた二人を捕らえているが、所司代に引き渡せば、困るのは家周殿、そなたではないか」

家周は頰を引きつらせる。

「わたしは、その男を襲わせてなどおらぬ」

「これは、言葉が足りなかった。わたしが言いたいのは、信政殿を襲うたことではない。胸に手を当てて、よう考えられよ」

「何を……」

頼嗣は屋敷を見回し、ため息をつく。

「禄が少ない御家柄にしては、羽振りが良いようで、立派な建物だ」

そう告げた頼嗣は、含んだ笑みを浮かべて見せる。

家周が明らかに動揺の色を浮かべたのを、信政は見逃さない。

頼嗣が信政の袖を引く。

「信政殿、その刀と共に、曲者を所司代に引き渡しにまいろう」

言われるまま門に向かう信政に、頼嗣が小声で告げる。

「油断をするな」

応じて門から出ようとした時、外から押し入った二人が、扉を閉めて閂を落とした。そのうち一人は、逃げた曲者に背格好が似ている。

四人に囲まれる信政と頼嗣に、家周が憎々しげに問う。

「頼嗣、どこまで知っているのだ」

振り向いて顔を合わせた頼嗣は、ふっと、嘲笑を浮かべる。

「凜子に財の自慢をしたのが、そもそもの間違いだ。二百石の飛鳥家に、このような別邸を持てるはずはないと怪しんだわたしは、お前が凜子に相応しい男かどうか、密かに探っていた。そして先ほど、腑に落ちたのだ。ここまで言えば、想像がつこう。幼馴染に免じて黙っておいてやるから、凜子を忘れて、すべてから手を引け」

焦りを浮かべる家周の態度を怪しんだ信政は、手にしていた刀を見て、頼嗣に顔を向けた。

「これは、まさか……」

頼嗣は微笑み、出口を塞ぐ者に告げる。

「そこを開けろ。帰らせてもらう」

だが、男は動かない。

開きなおって高笑いをしたのは、家周だ。

「さすがは頼嗣。わたしの稼ぎを見抜くとは、まったくもって、忌々しい奴」

語尾を強め、悪に満ちた顔つきで吐き捨てた家周が、手下に告げる。

「生かして出せば我らの破滅じゃ。二人を斬れ！」

刀を抜いた四人に囲まれた。

信政が頼嗣を守るべく前に出ようとした時、斬りかかってきた手下が、顔に何かを受けてのけ反り、仰向けに倒れて激痛にのたうった。その者が抜いて捨てたのは、人差し指ほどの小柄だ。

驚く信政に、頼嗣が告げる。

「そなたの父上が成敗された下御門(しもみかど)ほどではないものの、京は物騒な者が潜んでおるゆえ、己の身を守るだけの技は得ている」

微笑む頼嗣の右手には、鋭い切っ先が見える。

背後から斬りかかろうとした二人目の手下に、頼嗣の技が冴える。

空を切った小柄が右の頬に突き刺さった手下は、激痛に呻いて下がり、戦意を失っている。

家周を守る二人と対峙した信政は、刀の鯉口を切る。

そんな信政に、家周が震える手で指差す。

「貴様、父が下御門を成敗したと聞いたが、まさか、あの信平殿の息子か」

「いかにも」

家周は目を見張った。

「ま、待て、分かった。わたしが悪かったから、見逃してくれ」

「悪人と分かったからには、聞きませぬ」

刀を抜いた信政の正義に、嫌悪の色を浮かべた二人の手下が、気合をかけて斬りかかってきた。

一人目の袈裟斬りを受け止めた信政は擦り流して離れ、右手から斬りかかった二人目の刃をかい潜って間合いを空けた。

信政を先に倒さんと、二人が迫る。

同時に斬りかかられた信政は思わず引いたのだが、それがいけなかった。

二人から連続して技を繰り出され、刃をかわすのがやっと。

劣勢の信政を見た家周は、嬉々とした顔をして告げる。

「良いぞ、今だ、斬ってしまえ」

鋭く気合をかけた一人が刀を振り上げた時、頼嗣が小柄を投げた。

弾き飛ばした手下が、飛びすさって間合いを空けた信政を、忌々しげな顔で睨む。

「落ち着け」

自分に言い聞かせた信政は、ひとつ息を吐いて左足を前に出し、顔の前で左の手刀を立てると、右手ににぎる刀を背中に隠す。

道謙の教えどおりの構えを取る信政は、鞍馬の厳しい修行を思い浮かべる。

「小僧、次は覚悟しろ」

告げた手下が、気合をかけて信政に迫る。

引かず踏み込んだ信政は、刀を振り上げた手下の胴を峰で打ち抜け、頭めがけて斬り下ろしてきた二人目の一刀を弾き上げると、脇腹を打つ。

身体をくの字にして顔を歪めた手下が、刀を落として悶絶した。

道謙の厳しい修行を思い出し、先ほどとは別人のように強い信政に対し、頼嗣が目を見張り、安堵の笑みを浮かべている。

いっぽうの家周は、凜々しい信政に悲鳴をあげて下がり、平伏して降参した。

改めて刀を見た信政は、家周に問う。

「これは、盗んだ刀ですか」

答えぬ家周に代わって、頼嗣が口を開く。

「緑に染められた、鮫皮の鞘に見覚えがある」

門跡寺院が所蔵する平安時代の宝刀だと聞いて、信政は驚いた。


それから月日が流れたある日の朝、学問所に来た頼嗣から、所司代に引き渡した家周がどうなったか聞いた信政は、安堵した。

家周は、手下に盗ませた宝刀を闇に流し、大金を得ていたと白状したからだ。

「凜子殿の縁談が立ち消えて、ようございました」

そうこぼす信政に、頼嗣が賛同する。

「まったくだ。あのまま嫁いでいれば、酷い目に遭わされたに違いないからな。惟義殿が、改めて礼に来るそうだぞ」

「困ります。わたしは、ほんの少し手を貸しただけですから」

「凜子から文が届いたのもある。とにかく惟義殿は、そなたとお父上に、大恩ができたとおっしゃっているぞ」

「父上に？」

「凜子は今、どこにいると思う」

「もったいぶらずに、教えてください」

頼嗣は笑った。

「聞いて驚け、江戸川一瓢殿と二人で、鷹司町に移り住んだそうだ」

「え！　父の町に」

頼嗣が意外そうな顔をした。

「ほんとうに驚くとはどういうことだ。江戸にくだる二人に、お父上の町をすすめたのではないのか」

「すすめていませぬ。一瓢殿は、江戸に家があったのではないのですか」

「待て待て」

頼嗣は懐から手紙を出して広げた。

信政が問う。

「凜子殿の字ですね」

「惟義殿から預かったばかりで、まだ読んでいないのだ」

文を読み進めた頼嗣が、納得した。

「一瓢殿が挿絵の仕事をしている会堂屋文秋という読売屋から、鷹司町は、おもしろい町だから住んでみたらどうかとすすめられたそうだ。興味を持った一瓢殿が、日本橋の家を手放して移り住もうと決めたらしいぞ。この文が京に届く頃には、引っ越しを終えているだろうと書いている」

文を受け取り、凜子の弾むこころを映す美しい字を読み進めた信政は、想像した。

「鷹司町がどのような町なのか、見てみとうなりました」

「わたしもだ。まだ先の話になるが、家督を継ぎ、朝廷からお役をいただいて江戸にくだった時は、案内してくれ」

「喜んで」

信政は、友と呼べる仲になった頼嗣を案内する日を楽しみに、生まれ育った江戸に想いを馳(は)せるのだった。

本書は講談社文庫のために書下ろされました。

|著者|佐々木裕一　1967年広島県生まれ、広島県在住。2010年に時代小説デビュー。「公家武者　信平」シリーズ、「浪人若さま新見左近」シリーズのほか、「若返り同心　如月源十郎」シリーズ、「身代わり若殿」シリーズ、「若旦那隠密」シリーズなど、痛快かつ人情味あふれるエンタテインメント時代小説を次々に発表している時代作家。本作は公家出身の侍・松平信平が主人公の大人気シリーズ、第14弾。

町くらべ　公家武者 信平（十四）

佐々木裕一

2023年7月14日第1刷発行

発行者――鈴木章一

発行所――株式会社　講談社

東京都文京区音羽2-12-21　〒112-8001

電話　出版（03）5395-3510

販売（03）5395-5817

業務（03）5395-3615

Printed in Japan

講談社文庫

定価はカバーに
表示してあります

デザイン―菊地信義

本文データ制作―講談社デジタル製作

印刷―――中央精版印刷株式会社

製本―――中央精版印刷株式会社

ISBN978-4-06-530869-1

講談社文庫刊行の辞

二十一世紀の到来を目睫に望みながら、われわれはいま、人類史上かつて例を見ない巨大な転換期をむかえようとしている。

世界も、日本も、激動の予兆に対する期待とおののきを内に蔵して、未知の時代に歩み入ろうとしている。このときにあたり、創業の人野間清治の「ナショナル・エデュケイター」への志を現代に甦らせようと意図して、われわれはここに古今の文芸作品はいうまでもなく、ひろく人文・社会・自然の諸科学から東西の名著を網羅する、新しい綜合文庫の発刊を決意した。

激動の転換期はまた断絶の時代である。われわれは戦後二十五年間の出版文化のありかたへの深い反省をこめて、この断絶の時代にあえて人間的な持続を求めようとする。いたずらに浮薄な商業主義のあだ花を追い求めることなく、長期にわたって良書に生命をあたえようとつとめるところにしか、今後の出版文化の真の繁栄はあり得ないと信じるからである。

同時にわれわれはこの綜合文庫の刊行を通じて、人文・社会・自然の諸科学が、結局人間の学にほかならないことを立証しようと願っている。かつて知識とは、「汝自身を知る」ことにつきていた。現代社会の瑣末な情報の氾濫のなかから、力強い知識の源泉を掘り起し、技術文明のただなかに、生きた人間の姿を復活させること。それこそわれわれの切なる希求である。

われわれは権威に盲従せず、俗流に媚びることなく、渾然一体となって日本の「草の根」をかたちづくる若く新しい世代の人々に、心をこめてこの新しい綜合文庫をおくり届けたい。それは知識の泉であるとともに感受性のふるさとであり、もっとも有機的に組織され、社会に開かれた万人のための大学をめざしている。大方の支援と協力を衷心より切望してやまない。

一九七一年七月

野間省一

講談社文芸文庫

大西巨人

春秋の花

解説＝城戸朱理　年譜＝齋藤秀昭

おU4

大長篇『神聖喜劇』で知られる大西巨人が、暮らしのなかで出会い記憶にとどめた詩歌や散文の断章。博覧強記の作家が内なる抒情と批評眼を駆使し編んだ詞華集。

978-4-06-532253-6

加藤典洋

小説の未来

解説＝竹田青嗣　年譜＝著者・編集部

かP7

川上弘美、大江健三郎、高橋源一郎、阿部和重、町田康、金井美恵子、吉本ばなな……現代文学の意義と新しさと面白さを読み解いた、本格的で斬新な文芸評論集。

978-4-06-531960-4

講談社文庫　目録

古波蔵保好　料理沖縄物語
ごとうしのぶ　いばらの冠〈ブラス・セッション・ラヴァーズ〉
古泉迦十　火蛾
講談社校閲部　間違えやすい日本語実例集〈熟練校閲者が教える〉
佐藤さとる　だれも知らない小さな国〈コロボックル物語①〉
佐藤さとる　豆つぶほどの小さないぬ〈コロボックル物語②〉
佐藤さとる　星からおちた小さなひと〈コロボックル物語③〉
佐藤さとる　ふしぎな目をした男の子〈コロボックル物語④〉
佐藤さとる　小さな国のつづきの話〈コロボックル物語⑤〉
佐藤さとる　コロボックルむかしむかし〈コロボックル物語⑥〉
佐藤さとる　天狗童子
佐藤さとる 絵／村上勉　わんぱく天国
佐藤愛子　新装版 戦いすんで日が暮れて
佐木隆三　慟哭〈小説・林郁夫裁判〉
佐木隆三　身分帳
佐高信　石原莞爾 その虚飾
佐高信　わたしを変えた百冊の本
佐高信　新装版 逆命利君
佐藤雅美　ちよの負けん気、実の父親〈物書同心居眠り紋蔵〉

佐藤雅美　へこたれない人〈物書同心居眠り紋蔵〉
佐藤雅美　わけあり師匠事の顛末〈物書同心居眠り紋蔵〉
佐藤雅美　御奉行の頭の火照り〈物書同心居眠り紋蔵〉
佐藤雅美　敵討ちか主殺しか〈物書同心居眠り紋蔵〉
佐藤雅美　江戸繁昌記〈寺門静軒無聊伝〉
佐藤雅美　青雲遥かに〈大内俊助の生涯〉
佐藤雅美　悪足掻きの跡始末 厄介弥三郎
佐藤雅美　恵比寿屋喜兵衛手控え〈新装版〉
酒井順子　負け犬の遠吠え
酒井順子　朝からスキャンダル
酒井順子　忘れる女、忘れられる女
酒井順子　次の人、どうぞ！
酒井順子　ガラスの50代
佐野洋子　嘘ばっか〈新釈・世界おとぎ話〉
佐野洋子　コッコロから
佐川芳枝　寿司屋のかみさん サヨナラ大将
笹生陽子　ぼくらのサイテーの夏
笹生陽子　きのう、火星に行った。
笹生陽子　世界がぼくを笑っても

沢木耕太郎　一号線を北上せよ〈ヴェトナム街道編〉
佐藤多佳子　一瞬の風になれ 全三巻
笹本稜平　駐在刑事
笹本稜平　駐在刑事 尾根を渡る風
西條奈加　世直し小町りんりん
西條奈加　まるまるの毬
西條奈加　亥子ころころ
佐伯チズ　改訂完全版 佐伯チズ式「完全美肌バイブル」〈123の肌悩みにズバリ回答！〉
斉藤洋　ルドルフとイッパイアッテナ
斉藤洋　ルドルフともだちひとりだち
佐々木裕一　公家武者信平〈消えた狐丸〉
佐々木裕一　逃げた名馬〈公家武者信平㈡〉
佐々木裕一　比叡山の鬼〈公家武者信平㈢〉
佐々木裕一　公卿の罠〈公家武者信平㈣〉
佐々木裕一　狙われた旗本〈公家武者信平㈤〉
佐々木裕一　赤い刀身〈公家武者信平㈥〉
佐々木裕一　帝の刀匠〈公家武者信平㈦〉
佐々木裕一　若君の覚悟〈公家武者信平㈧〉
佐々木裕一　くもの頭領〈公家武者信平㈨〉

佐々木裕一 宮中の誘い〈公家武者 信平(十)〉
佐々木裕一 雲雀の太刀〈公家武者 信平(十一)〉
佐々木裕一 決着の闘〈公家武者 信平(十二)〉
佐々木裕一 姉妹の絆〈公家武者 信平(十三)〉
佐々木裕一 狐のちょうちん〈公家武者信平ことはじめ(一)〉
佐々木裕一 姫のため息〈公家武者信平ことはじめ(二)〉
佐々木裕一 四谷の弁慶〈公家武者信平ことはじめ(三)〉
佐々木裕一 暴れ公卿〈公家武者信平ことはじめ(四)〉
佐々木裕一 千石の夢〈公家武者信平ことはじめ(五)〉
佐々木裕一 妖し火〈公家武者信平ことはじめ(六)〉
佐々木裕一 十万石の誘い〈公家武者信平ことはじめ(七)〉
佐々木裕一 黄泉の女〈公家武者信平ことはじめ(八)〉
佐々木裕一 将軍の宴〈公家武者信平ことはじめ(九)〉
佐々木裕一 宮中の華〈公家武者信平ことはじめ(十)〉
佐々木裕一 乱れ坊主〈公家武者信平ことはじめ(十一)〉
佐々木裕一 領地の乱〈公家武者信平ことはじめ(十二)〉
佐々木裕一 赤坂の達磨〈公家武者信平ことはじめ(十三)〉
佐藤 究 QJKJQ
佐藤 究 Ank : 〈a mirroring ape〉

佐藤 究 サージウスの死神
佐野 晶 三田紀房・原作 小説アルキメデスの大戦
澤村伊智 恐怖小説キリカ
さいとう・たかを 戸川猪佐武 原作 歴史劇画 大宰相〈第一巻 吉田茂の闘争〉
さいとう・たかを 戸川猪佐武 原作 歴史劇画 大宰相〈第二巻 鳩山一郎の悲運〉
さいとう・たかを 戸川猪佐武 原作 歴史劇画 大宰相〈第三巻 岸信介の強腕〉
さいとう・たかを 戸川猪佐武 原作 歴史劇画 大宰相〈第四巻 池田勇人と佐藤栄作の激突〉
さいとう・たかを 戸川猪佐武 原作 歴史劇画 大宰相〈第五巻 田中角栄の革命〉
さいとう・たかを 戸川猪佐武 原作 歴史劇画 大宰相〈第六巻 三木武夫の挑戦〉
さいとう・たかを 戸川猪佐武 原作 歴史劇画 大宰相〈第七巻 福田赳夫の復讐〉
さいとう・たかを 戸川猪佐武 原作 歴史劇画 大宰相〈第八巻 大平正芳の決断〉
さいとう・たかを 戸川猪佐武 原作 歴史劇画 大宰相〈第九巻 鈴木善幸の苦悩〉
さいとう・たかを 戸川猪佐武 原作 歴史劇画 大宰相〈第十巻 中曽根康弘の野望〉
佐藤 優 人生の役に立つ聖書の名言
佐藤 優 戦時下の外交官〈ナチス・ドイツの崩壊を目撃した吉野文六〉
佐藤 優 人生のサバイバル力
斉藤詠一 到達不能極
斉藤詠一 クメールの瞳
佐々木 実 竹中平蔵 市場と権力〈「改革」に憑かれた経済学者の肖像〉

斎藤千輪 神楽坂つきみ茶屋〈禁断の「盃」と絶品江戸レシピ〉
斎藤千輪 神楽坂つきみ茶屋2〈突然のピンチと喜寿の祝い膳〉
斎藤千輪 神楽坂つきみ茶屋3〈想い人に捧げる鍋料理〉
斎藤千輪 神楽坂つきみ茶屋4〈頂上決戦の七夕料理〉
作画：蔡志忠 訳：和田武司 監修：野末陳平 マンガ 孔子の思想
作画：蔡志忠 訳：和田武司 監修：野末陳平 マンガ 老荘の思想
作画：蔡志忠 訳：和田武司 監修：野末陳平 マンガ 孫子・韓非子の思想
佐野広実 わたしが消える
紗倉まな 春、死なん
司馬遼太郎 新装版 播磨灘物語 全四冊
司馬遼太郎 新装版 箱根の坂(上)(中)(下)
司馬遼太郎 新装版 アームストロング砲
司馬遼太郎 新装版 歳月(上)(下)
司馬遼太郎 新装版 おれは権現
司馬遼太郎 新装版 大坂侍
司馬遼太郎 新装版 北斗の人(上)(下)
司馬遼太郎 新装版 軍師二人
司馬遼太郎 新装版 真説宮本武蔵
司馬遼太郎 新装版 最後の伊賀者

司馬遼太郎 新装版 俄 (上)(下)
司馬遼太郎 新装版 尻啖え孫市 (上)(下)
司馬遼太郎 新装版 王城の護衛者
司馬遼太郎 新装版 妖 怪 (上)(下)
司馬遼太郎 新装版 風の武士 (上)(下)
司馬遼太郎 戦 雲 の 夢 〈レジェンド歴史時代小説〉
司馬遼太郎 海音寺潮五郎 新装版 日本歴史を点検する
司馬遼太郎 井上ひさし 新装版 国家・宗教・日本人
司馬遼太郎 陳舜臣 金達寿 新装版 歴史の交差路にて〈日本・中国・朝鮮〉
柴田錬三郎 お江戸日本橋 (上)(下)
柴田錬三郎 貧乏同心御用帳
柴田錬三郎 新装版 岡っ引どぶ〈柴錬捕物帖〉
柴田錬三郎 新装版 顔十郎罷り通る (上)(下)
島田荘司 御手洗潔の挨拶
島田荘司 御手洗潔のダンス
島田荘司 水晶のピラミッド
島田荘司 眩暈(めまい)
島田荘司 ア ト ポ ス
島田荘司 異邦の騎士〈改訂完全版〉
島田荘司 御手洗潔のメロディ
島田荘司 P の 密 室
島田荘司 ネジ式ザゼツキー
島田荘司 都市のトパーズ2007
島田荘司 21世紀本格宣言
島田荘司 帝都衛星軌道
島田荘司 UFO大通り
島田荘司 リベルタスの寓話
島田荘司 透明人間の納屋
島田荘司 占星術殺人事件〈改訂完全版〉
島田荘司 斜め屋敷の犯罪〈改訂完全版〉
島田荘司 星籠の海 (上)(下)
島田荘司 屋 上
島田荘司 名探偵傑作短篇集 御手洗潔篇
島田荘司 火 刑 都 市〈改訂完全版〉
島田荘司 暗闇坂の人喰いの木〈改訂完全版〉
清水義範 蕎麦ときしめん
清水義範 国語入試問題必勝法〈新装版〉
椎名 誠 にっぽん・海風魚旅〈怪し火さすらい編〉
椎名 誠 大漁旗ぶるぶる乱風編〈にっぽん・海風魚旅4〉
椎名 誠 南シナ海ドラゴン編〈にっぽん・海風魚旅5〉
椎名 誠 風 の ま つ り
椎名 誠 ナ マ コ
椎名 誠 埠頭三角暗闇市場
真保裕一 取 引
真保裕一 震 源
真保裕一 盗 聴
真保裕一 朽ちた樹々の枝の下で
真保裕一 奪 取 (上)(下)
真保裕一 防 壁
真保裕一 密 告
真保裕一 黄金の島 (上)(下)
真保裕一 発 火 点
真保裕一 夢 の 工 房
真保裕一 灰 色 の 北 壁
真保裕一 覇王の番人 (上)(下)
真保裕一 デパートへ行こう!
真保裕一 ア マ ル フ ィ〈外交官シリーズ〉

真保裕一 天使の報酬〈外交官シリーズ〉
真保裕一 アンダルシア〈外交官シリーズ〉
真保裕一 ダイスをころがせ！(上)(下)
真保裕一 天魔ゆく空(上)(下)
真保裕一 ローカル線で行こう！
真保裕一 遊園地に行こう！
真保裕一 オリンピックへ行こう！
真保裕一 連鎖〈新装版〉
真保裕一 暗闇のアリア
篠田節子 弥勒
篠田節子 転生
篠田節子 竜と流木
重松清 定年ゴジラ
重松清 半パン・デイズ
重松清 流星ワゴン
重松清 ニッポンの単身赴任
重松清 愛妻日記
重松清 青春夜明け前
重松清 カシオペアの丘で(上)(下)

重松清 永遠(とわ)を旅する者〈ロストオデッセイ 千年の夢〉
重松清 かあちゃん
重松清 十字架
重松清 峠うどん物語(上)(下)
重松清 希望ヶ丘の人びと(上)(下)
重松清 赤ヘル1975
重松清 なぎさの媚薬(上)(下)
重松清 さすらい猫ノアの伝説
重松清 ルビィ
重松清 どんまい
重松清 旧友再会
新野剛志 美しい家
新野剛志 明日の色
殊能将之 ハサミ男
殊能将之 鏡の中は日曜日
殊能将之 殊能将之 未発表短篇集
首藤瓜於 事故係生稲昇太の多感
首藤瓜於 脳男 新装版
島本理生 シルエット

島本理生 リトル・バイ・リトル
島本理生 生まれる森
島本理生 七緒のために
島本理生 夜はおしまい
小路幸也 高く遠く空へ歌ううた
小路幸也 空へ向かう花
原案 小路幸也 山田洋次 平松恵美子 家族はつらいよ
原作・脚本 小路幸也 脚本 山田洋次 平松恵美子 家族はつらいよ2
島田律子 私はもう逃げない〈自閉症の弟から教えられたこと〉
辛酸なめ子 女修行
柴崎友香 ドリーマーズ
柴崎友香 パノララ
翔田寛 誘拐児
白石一文 この胸に深々と突き刺さる矢を抜け(上)(下)
小説現代編 石田衣良他著 10分間の官能小説集
小説現代編 勝目梓他著 10分間の官能小説集2
小説現代編 乾くるみ他著 10分間の官能小説集3
柴村仁 プシュケの涙
塩田武士 盤上のアルファ

塩田武士 盤上に散る
塩田武士 女神のタクト
塩田武士 ともにがんばりましょう
塩田武士 罪の声
塩田武士 氷の仮面
塩田武士 歪んだ波紋
芝村凉也 孤闘の寂 〈素浪人半四郎百鬼夜行(六)〉
芝村凉也 追憶の輪 〈素浪人半四郎百鬼夜行(拾遺)〉
真藤順丈 畦と銃
真藤順丈 宝島(上)(下)
柴崎竜人 三軒茶屋星座館1 〈冬のオリオン〉
柴崎竜人 三軒茶屋星座館2 〈夏のキグナス〉
柴崎竜人 三軒茶屋星座館3 〈春のカリスト〉
柴崎竜人 三軒茶屋星座館4 〈秋のアンドロメダ〉
周木律 眼球堂の殺人 〈~The Book~〉
周木律 双孔堂の殺人 〈~Double Torus~〉
周木律 五覚堂の殺人 〈~Burning Ship~〉
周木律 伽藍堂の殺人 〈~Banach-Tarski Paradox~〉
周木律 教会堂の殺人 〈~Game Theory~〉

周木律 鏡面堂の殺人 〈~Theory of Relativity~〉
周木律 大聖堂の殺人 〈~The Books~〉
下村敦史 闇に香る嘘
下村敦史 生還者
下村敦史 叛徒
下村敦史 失踪者
下村敦史 緑の窓口 〈樹木トラブル解決します〉
九把刀 阿井幸作/泉京鹿 訳 あの頃、君を追いかけた
神護かずみ ノワールをまとう女
四戸俊成 芹沢政信 神在月のこども
篠原悠希 霊獣紀 〈獲麟の書(上)〉
篠原悠希 霊獣紀 〈獲麟の書(下)〉
篠原悠希 霊獣紀 〈蛟龍の書(上)〉
篠原悠希 霊獣紀 〈蛟龍の書(下)〉
篠原美季 古都妖異譚 〈玉手箱～シール オブ ザ ゴッデス～〉
潮谷験 スイッチ 〈悪意の実験〉
潮谷験 時空犯
潮谷験 エンドロール
島口大樹 鳥がぼくらは祈り、

杉本苑子 孤愁の岸(上)(下)
鈴木光司 神々のプロムナード
鈴木英治 大江戸監察医
杉本章子 お狂言師歌吉うきよ暦
杉本章子 大奥二人道成寺 〈お狂言師歌吉うきよ暦〉
諏訪哲史 アサッテの人
菅野雪虫 天山の巫女ソニン(1) 黄金の燕
菅野雪虫 天山の巫女ソニン(2) 海の孔雀
菅野雪虫 天山の巫女ソニン(3) 朱鳥の星
菅野雪虫 天山の巫女ソニン(4) 夢の白鷺
菅野雪虫 天山の巫女ソニン(5) 大地の翼
菅野雪虫 天山の巫女ソニン 巨山外伝 〈予言の娘〉
菅野雪虫 天山の巫女ソニン 江南外伝 〈海竜の子〉
鈴木みき 日帰り登山のススメ 〈あした、山へ行こう!〉
砂原浩太朗 いのちがけ 〈加賀百万石の礎〉
砂原浩太朗 高瀬庄左衛門御留書
ラトナ・サリ・デヴィ・スカルノ 選ばれる女におなりなさい 〈デヴィ夫人の婚活論〉
瀬戸内寂聴 新寂庵説法 愛なくば
瀬戸内寂聴 人が好き [私の履歴書]

瀬戸内寂聴 白道
瀬戸内寂聴 寂聴相談室 人生道しるべ
瀬戸内寂聴 瀬戸内寂聴の源氏物語
瀬戸内寂聴 愛する能力
瀬戸内寂聴 藤壺
瀬戸内寂聴 生きることは愛すること
瀬戸内寂聴 寂聴と読む源氏物語
瀬戸内寂聴 月の輪草子
瀬戸内寂聴 新装版 寂庵説法
瀬戸内寂聴 死に支度
瀬戸内寂聴 新装版 蜜と毒
瀬戸内寂聴 新装版 花怨
瀬戸内寂聴 新装版 祇園女御 (上)(下)
瀬戸内寂聴 新装版 かの子撩乱
瀬戸内寂聴 新装版 京まんだら (上)(下)
瀬戸内寂聴 いのち
瀬戸内寂聴 花のいのち
瀬戸内寂聴 ブルーダイヤモンド〈新装版〉
瀬戸内寂聴 97歳の悩み相談

瀬戸内寂聴 すらすら読める源氏物語 (上)(中)(下)
瀬戸内寂聴・訳 源氏物語 巻一
瀬戸内寂聴・訳 源氏物語 巻二
瀬戸内寂聴・訳 源氏物語 巻三
瀬戸内寂聴・訳 源氏物語 巻四
瀬戸内寂聴・訳 源氏物語 巻五
瀬戸内寂聴・訳 源氏物語 巻六
瀬戸内寂聴・訳 源氏物語 巻七
瀬戸内寂聴・訳 源氏物語 巻八
瀬戸内寂聴・訳 源氏物語 巻九
瀬戸内寂聴・訳 源氏物語 巻十
先崎 学 先崎学の実況！盤外戦
妹尾河童 少年H (上)(下)
瀬尾まいこ 幸福な食卓
関原健夫 がん六回 人生全快
瀬川晶司 泣き虫しょったんの奇跡 完全版〈サラリーマンから将棋のプロへ〉
仙川 環 幸福の劇薬〈医者探偵・宇賀神晃〉
仙川 環 偽装診療〈医者探偵・宇賀神晃〉
瀬木比呂志 黒い巨塔〈最高裁判所〉

瀬那和章 今日も君は、約束の旅に出る
蘇部健一 六枚のとんかつ
蘇部健一 六とん2
蘇部健一 届かぬ想い
曽根圭介 沈底魚
曽根圭介 藁にもすがる獣たち
田辺聖子 ひねくれ一茶
田辺聖子 愛の幻滅 (上)(下)
田辺聖子 うたかた
田辺聖子 春情蛸の足
田辺聖子 蝶花嬉遊図
田辺聖子 言い寄る
田辺聖子 私的生活
田辺聖子 苺をつぶしながら
田辺聖子 不機嫌な恋人
田辺聖子 女の日時計
谷川俊太郎 訳 和田 誠 絵 マザー・グース 全四冊
立花 隆 中核VS革マル (上)(下)
立花 隆 日本共産党の研究 全三冊

講談社文庫 目録

高田崇史 QED 〈神器封殺〉
高田崇史 QED ～ventus～ 〈御霊将門〉
高田崇史 QED ～flumen～ 〈九段坂の春〉
高田崇史 QED 〈諏訪の神霊〉
高田崇史 QED 〈出雲神伝説〉
高田崇史 QED 〈伊勢の曙光〉
高田崇史 QED ～flumen～ 〈ホームズの真実〉
高田崇史 毒草師 〈QED Another Story〉
高田崇史 QED 〈～flumen～月夜見〉
高田崇史 QED 〈～ortus～白山の頻闇〉
高田崇史 QED 〈憂曇華の時〉
高田崇史 試験に出るパズル 〈千葉千波の事件日記〉
高田崇史 試験に敗けない密室 〈千葉千波の事件日記〉
高田崇史 試験に出ないパズル 〈千葉千波の事件日記〉
高田崇史 パズル自由自在 〈千葉千波の事件日記〉
高田崇史 麿の酩酊事件簿 〈花に舞〉
高田崇史 麿の酩酊事件簿 〈月に酔〉
高田崇史 クリスマス緊急指令 〈～きよしこの夜、事件は起こる！～〉
高田崇史 カンナ 飛鳥の光臨

高田崇史 カンナ 天草の神兵
高田崇史 カンナ 吉野の暗闘
高田崇史 カンナ 奥州の覇者
高田崇史 カンナ 戸隠の殺皆
高田崇史 カンナ 鎌倉の血陣
高田崇史 カンナ 天満の葬列
高田崇史 カンナ 出雲の顕在
高田崇史 カンナ 京都の霊前
高田崇史 軍神の血脈 〈楠木正成秘伝〉
高田崇史 神の時空 鎌倉の地龍
高田崇史 神の時空 倭の水霊
高田崇史 神の時空 貴船の沢鬼
高田崇史 神の時空 三輪の山祇
高田崇史 神の時空 嚴島の烈風
高田崇史 神の時空 伏見稲荷の轟雷
高田崇史 神の時空 五色不動の猛火
高田崇史 神の時空 京の天命
高田崇史 神の時空 前紀 〈女神の功罪〉
高田崇史 鬼棲む国、出雲 〈古事記異聞〉

高田崇史 オロチの郷、奥出雲 〈古事記異聞〉
高田崇史 京の怨霊、元出雲 〈古事記異聞〉
高田崇史 鬼統べる国、大和出雲 〈古事記異聞〉
高田崇史 源平の怨霊 〈小余綾俊輔の最終講義〉
高田崇史 試験に出ないQED異聞 〈高田崇史短編集〉
高田崇史ほか 読んで旅する鎌倉時代
団 鬼六 悦楽王 〈鬼プロ繁盛記〉
高野和明 13階段
高野和明 グレイヴディッガー
高野和明 6時間後に君は死ぬ
大道珠貴 ショッキングピンク
高木 徹 ドキュメント 戦争広告代理店 〈情報操作とボスニア紛争〉
田中啓文 件 〈もの言う牛〉
田中啓文 誰が千姫を殺したか 〈蛇身探偵豊臣秀頼〉
高嶋哲夫 メルトダウン
高嶋哲夫 命の遺伝子
高嶋哲夫 首都感染
高野秀行 西南シルクロードは密林に消える
高野秀行 アジア未知動物紀行 ベトナム・奄美・アフガニスタン

2023年6月15日現在